엄마와 함께
기적의 글쓰기 100일 작전

책고래숲 05
엄마와 함께 기적의 글쓰기 100일 작전

2023년 6월 30일 초판 2쇄 발행
2022년 6월 15일 초판 1쇄 발행
글 이지선 최서원 **그림** 최서원 **편집** 김인섭 **디자인** 디자인아프리카
펴낸이 우현옥 **펴낸곳** 책고래 **등록 번호** 제2015-000156호
주소 서울특별시 서초구 강남대로12길 23-4, 301호(양재동, 동방빌딩)
대표전화 02-6083-9232(관리부) 02-6083-9234(편집부)
홈페이지 www.dreamingkite.com / www.bookgorae.com
전자우편 dk@dreamingkite.com
ISBN: 979-11-6502-097-2 64800
979-11-6502-096-5 (세트)

엄마와 함께 기적의 글쓰기 100일 작전

글 이지선 · 최서원 그림 최서원

책고래

아이와 함께 100일 작전 시작!

100일 쓰기를 시작하던 늦가을이 떠오릅니다. 매일매일 쓰기 숙제로 잔뜩 짜증이 나 있던 아이는 '오늘은 또 뭘 쓰냐' 며 '쓰기 숙제 정말 하기 싫어!' 라고 계속 미뤘지요. 툭하면 쓸 내용을 저한테 불러달라며 떼를 쓰기도 했어요.

저는 쓰기에 대한 생각을 바꿔주고 싶었습니다. 고민 끝에 아이와 대화를 나누고 100일 동안 세 줄만 써 보자고 했습니다. 떠오르는 그림을 함께 그리면서요. 부담은 주고 싶지 않았고, 쓰는 일이 즐거운 습관이 되기를 바랐습니다.

아이와 마음을 다해 소통했어요. 소통한 이야기는 글쓰기에 등장했고, 아이의 글을 존중했습니다. 시간이 쌓일수록 즐거운 쓰기가 되었습니다.

저처럼 글쓰기 고민을 하는 다른 엄마들과 제 100일 작전의 기적을 나누고 싶습니다. 엄마라면 모두 할 수 있는 일이라고 전하고 싶습니다. 하루 중 잠깐만이라도 아이와 대화를 나누고 글쓰기로 소통하며 소중한 시간을 남기길 바랍니다. 하루가 쌓여 100일이 됩니다.

늘 응원해 주는 가족, 함께 해 준 서원이에게 고맙습니다.

거실 커다란 창으로 봄 햇살이 가득 쏟아집니다. 새순을 틔운 초록 잎을 바라보며 오늘도 하루를 힘차게 시작합니다.

글쓰는 엄마 이지선

학교 숙제 대부분이 쓰기였습니다. 쓰기를 싫어하는데 계속 써야 하는 게 힘들었습니다. 엄마가 세 줄만 써 보자고 했습니다. 그 정도는 쉬울 것 같았습니다. 그래서 엄마와 함께 매일 세 줄씩 100일 동안 글을 썼습니다. 엄마와 100일 쓰기는 나에게 세 가지를 남겼습니다. 엄마를 더욱 사랑하게 되었고, 쓰기를 만만하게 생각하게 되었고, 엄마와 대화하는 시간은 참 소중하다는 것을 알았습니다. 엄마와 나의 행복한 시간이 이렇게 책으로 남게 되어 더 감사한 일이라고 생각합니다. 아직 실감은 나지 않습니다. 다만 쓰기가 이제는 제 마음을 알아주는 친구 같습니다. 앞으로 쓰기를 하며 행복한 아이로 살아가고 싶습니다. 저와 함께 100일 쓰기의 친구가 되어 준 엄마 감사합니다.

글쓰는 딸 최서원

차례

3. 뭘 쓰지?

4. 조금은 쓸 수 있어!

5. 이런 것도 써도 돼?

6. 내 맘대로 써도 돼?

7. 쓰기는 이런 거야?

8. 할 만해, 쓰기!

9. 쓰고 싶은 게 너무 많아!

10. 쓰기가 만만해졌어!

1 쓰기는 싫어!

마음에서 바람이 일 때
확 찐 너를 위해
귀여운 솜뭉치
엉덩이도 즐겁대
강아지가 만든 똥학교를 보았니
숲에서 처음 맞는 아침은
우리 할아버지는 별이 되었지
마음이 편한 하루가 최고지
난 툭하면 침대가 돼
엄만 나 낳을 때 간지러웠겠다
글쓰기 작전 1단계

마음에서 바람이 일 때

엄마: 서원아, 우리 100일 쓰기 안 해 볼래?
서원: 그건 뭐야? 또 쓰라고?
엄마: 네 마음대로 쓰는 거야. 100일 동안. 그냥 세 줄만 쓰면 돼.
서원: 세 줄? 재밌겠다. 대신 세 줄은 절대 안 넘길 거야.
엄마: 좋아! 잠깐 나갔을 때 보니까 가을이 온 거야. 서원이도 가을한테 인사하는 거 어때?
서원: 난 가을이 참 좋아, 엄마. 마음도 시원해져.
엄마: 그래? 가을은 얼굴을 살랑살랑 건드려서 좋아, 엄마는.
서원: 난 바람이 소곤소곤 속삭이는데.
엄마: 정말?
서원: 엄마는 모르는구나. 가을이 뭐라고 하거든. 엄마도 들어 봐.

지난밤도 아이와 글쓰기로 한참 실랑이를 벌였다. 아이는 뭘 써야 하냐며 투정을 부렸고, 울다 잠들었다. 가을이 찾아온 아파트 단지를 물끄러미 보는데 마음에서 바람이 일었다. 글쓰기는 힘들다는 아이의 생각을 바꿔주고 싶었다. 고민 끝에 나는 하루에 세 줄씩만 써 보자고 제안했고, 100일 동안 채워 보기로 했다. 서원이는 딱 세 줄을 쓰고 더 안 써도 되냐며 좋아했다. 활짝 웃는 건 참 오랜만이었다. 앞으로 서원이와 어떤 이야기를 만들어낼까? 기대와 걱정, 설렘과 두려움이 바람을 따라 일렁거렸다.

9월 28일 날씨 

소곤소곤

시원한 가을 바람이 나한테 살랑살랑 불어와 소곤소곤 속삭였다.

확 찐 너를 위해

엄마: 서원아, 우리 운동할까?

서원: 엄마는 뭘 자꾸 하재?

엄마: 계단 오르기 딱 한 번만 해보자.

서원: 싫어. 엄마 혼자 가.

엄마: 엄마는 서원이랑 가고 싶은데? 코로나 때문에 다른 운동을 할 수가 없잖아.

서원: 운동화에 발이 너무 천천히 들어가.

엄마: 마음이 가자고 할 때, 출발!

서원: 엄마, 계단을 오르는데 자꾸 문이 보이니까 힘들었어.

엄마: 문?

서원: 문만 열고 나가면 승강기가 있잖아.

엄마: 너무 열심히 걷느라 몰랐네.

서원: 저 큰 문을 못 보다니.

이튿날, 100일 쓰기는 생각보다 늦게 시작되었다. 나는 아이가 마음을 정할 때까지 기다렸다. 하루 종일 군것질을 너무 많이 해서 배가 더부룩했다. 나는 서원이에게 함께 계단을 오르자고 했다. 아이는 신발장 앞에서 한참을 버티다 계단을 오르기 시작했고, 힘들게 오르고 나니 쓸 것이 생겼다고 했다. 운동화를 신기 전에 마음이 힘들었다며 그 일을 써 보고 싶다고. 역시 쓰기의 시작은 경험이라는 생각이 들었다.

9 월 29 일 날씨 : 

나는 계단 오르기가 싫었지만 꾸역꾸역 운동화에 발을 구겨 넣었다.

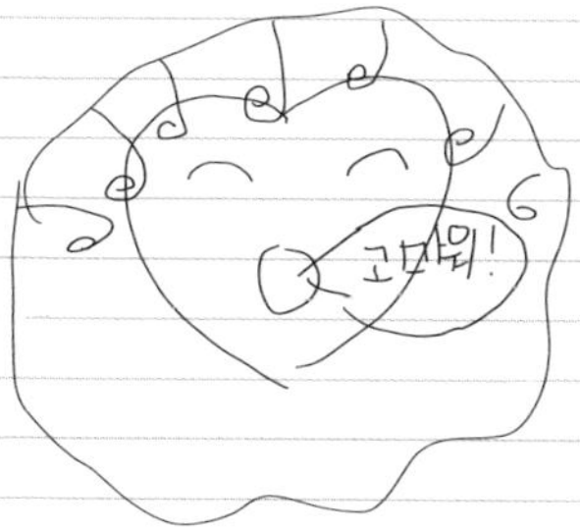

귀여운 솜뭉치

서원: 엄마! 나 꿈에 강아지 키웠어.

엄마: 엄마도 강아지 키웠었어. 15년이나 한 집에서 살았지.

서원: 무슨 색? 어떤 거?

엄마: 하얗고 작은 말티즈였어. 엄마한테 껌딱지처럼 붙어 있곤 했지.

서원: 앙, 귀여웠겠다.

엄마: 지금 보니까 우리 서원이랑 눈이 비슷하네. 동그랗고 까맸거든.

서원: 처음 봤을 때 어떤 모습이었어?

엄마: 두루마리 휴지가 움직여서 깜짝 놀랐었어.

서원: 하하하. 나는 보드라운 솜털이 가득해서 진짜 솜뭉치 같았어.

엄마: 서원인 꿈 얘기를 남겨놓고 싶구나?

서원: 응, 솜털 가득한 강아지가 나한테 다가올 때 마음이 너무 보드라웠어.

쓸 게 생각났다며 아침부터 서원이가 호들갑을 떨었다. 벌써부터 쓰는 재미에 빠진 걸까 살짝 기대를 했다. 서원이는 꿈에 나온 강아지 이야기를 했다. 나는 예전에 키웠던 강아지에 대해 들려주었다. 100일 쓰기를 시작할 때 3일만 버텨 보자고 생각했다. 오늘이 목표한 3일차인데, 세상에! 오늘은 아이가 먼저 쓸거리를 가져왔다.

9월30일 날씨

강아지

부드러운 솜털이
가득한 강아지가
나한테 총총총
다가왔다.

엉덩이도 즐겁대!

엄마: 서원아, 엄마가 줄 거 있어.
서원: 뽀뽀! 이런 거 하지 마. 재미없단 말이야.
엄마: 그런 거 아니야. 서원이가 제일 좋아하는 것 중 하나지!
서원: 좋은 거? 아이스크림은 아니잖아.
엄마: 엄마표 수제 아이스크림!
서원: 우와, 이거 언제 만들었어?
엄마: 아까 만들었지. 어때? 맛있니?
서원: 엄마, 내가 맛을 표현해 줄게.

냉장고를 정리하는데 서원이가 심드렁한 얼굴로 따라다녔다. 숙제하느라 지쳤고, 오늘은 꿈도 안 꿨고, 쓸 것도 없다며 투덜댔다. 정리하고 남은 과일로 만든 아이스크림을 예쁜 그릇에 담아주었다. 한 입 먹더니 엉덩이를 흔들었다. 엉덩이마저 즐겁고 맛있다며 활짝 웃었다.

10월 1일 날씨 :

씰룩씰룩

엄마가 달콤한 아이스크림을 주는데 나도 모르게 엉덩이가 씰룩씰룩 움직였다.

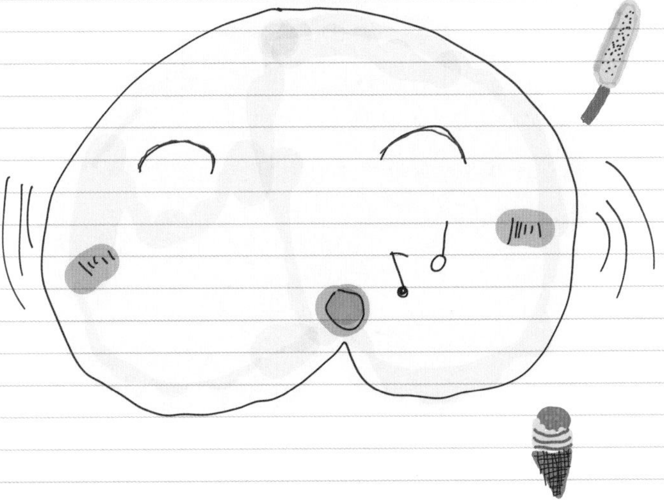

강아지가 만든 똥학교를 보았니?

서원: 엄마. 나 오늘은 똥 쓸래.
엄마: 똥? 왜?
서원: 아까 봤는데 강아지가 똥학교를 만들었어.
엄마: 아까 같이 본 그 까만 강아지?
서원: 응, 동글동글 몇 덩어리 쌌잖아. 똥을!
엄마: 엄만 더러워서 대충 봤어.
서원: 에이. 엄만 그럼 똥학교를 못 봤네.
엄마: 그럼 똥학교의 교장 선생님은 강아지네?
서원: 하하하!

서원이와 마트 가는 길에 까만 푸들 강아지가 지나갔다. 서원이가 귀엽다고 따라갔는데, 강아지가 얼마 안 가 풀밭에서 똥을 쌌다. 집에 와서, 밥을 먹고 무엇으로 100일 쓰기를 해볼까 생각했다. 서원이가 똥을 쓰고 싶다고 했을 때, 권정생 선생님의 〈강아지똥〉이 생각났다. 서원이는 어떻게 풀어낼까 궁금했다. 귀엽고 재밌는 발상이 보였다. 내 기준으로 아이를 이끌지 않고 아이에게 맡기길 잘했다.

10월 2일 날씨: 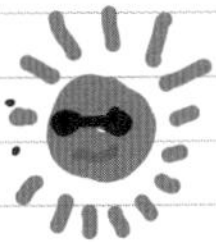

 똥

강아지가 길을 가다가 똥을 뿌직 쌌어요. 강아지들이 계속 똥을 뿌직 뿌직 싸서 똥 학교가 만들어졌어요.

숲에서 처음 맞는 아침은

엄마: 서원아, 밤에 안 추웠어?

서원: 너무 추웠는데, 엄마가 안아줘서 괜찮았어.

엄마: 그래? 정말 다행이다. 엄만 너무 추웠는데.

서원: 엄마, 숲에 오니까 다르긴 다르다.

엄마: 뭐가 다른데? 엄만 너무 고생해서 집에 빨리 가고 싶어.

서원: 아침에 뻐꾸기가 깨워주잖아.

엄마: 뻐꾸기?

서원: 여기까지 와서 뻐꾸기 소리도 못 들었어?

남편이 집 근처 글램핑장을 예약했다. 모처럼 숲이라니 설렜다. 너무 큰 기대였을까. 글램핑장에 도착했을 때 입이 다물어지지 않았다. 텐트는 낡았고 식기는 지저분했다. 추워서 입이 떨렸다. 후회가 밀려왔다. 제대로 된 것은 자연뿐이었다. 서원이는 그래도 좋다며, 뻐꾸기가 깨워주는 아침을 100일 쓰기에 남겼다. 서원이의 눈이 유난히 반짝거렸다.

10월 3일 날씨 :

아침

뻐꾸기가 내 아침을
깨운다. 뻐꾹 뻐꾹
숲속의 아침은 더
상쾌하다.

우리 할아버지는 별이 되었지?

엄마: 서원아, 저기 별 보여?
서원: 응, 저 별이 할아버지 별이지?
엄마: 오늘따라 더 반짝거리는 것 같아.
서원: 엄마가 아빠 많이 보고 싶구나. 그럼 계속 봐.
엄마: 할아버지가 늘 지켜보고 계셔.
서원: 할아버지 별이 방긋방긋 웃고 있어. 엄마.
엄마: 많이 사랑한다고 활짝 웃어주시나 보다.

이맘때면 나는 자주 밤하늘을 본다. 아빠가 떠나신 게 딱 이 즈음이니까. 벌써 9년이 되었지만 난 아직도 그날로부터 벗어나지 못하고 있다. 아빠는 유독 둘째인 나를 예뻐하셨다. 음악도, 문학도 모두 아빠를 통해 접했다. 아빠가 떠난 뒤 혼자 듣는 음악도 혼자 쓰는 글도 내겐 몹시 버거웠다. 마음이 너무 답답하고 힘들어서 제대로 서 있지 못할 때도 많았다. 서원이는 그런 나를 이해해 주었다. 조용히 다가와서 말을 걸어주고 다독여주었다. 우리는 반짝이는 별을 보며 하고 싶은 말을 나누었다. 서원이는 100일 쓰기에 할아버지 이야기를 담았다.

10월 4일 날씨 :

반짝반짝

밤에 반짝반짝 한 별을
보는데 할아버지 얼굴 같습
니다. 할아버지가 방긋
웃고 있습니다.

마음이 편한 하루가 최고지

엄마: 서원아, 매미는 너무 짧게 살잖아. 매미 이야기 읽었지?

서원: 응, 그런데 매미 소리를 들으면 잡고 싶어.

엄마: 매미한테 미안한 마음은 없었어?

서원: 잡았다가 미안해서 금방 날려준 거야.

엄마: 서원이의 마음을 담은 시를 쓰면 좋겠다. 어때?

서원: 그래. 공모전은 말만 들어도 마음이 쫄깃쫄깃 떨려.

엄마: 우린 처음이고, 마음 편하게 가져도 돼. 내는 것만 해도 얼마나 대단한데.

서원: 쫄깃쫄깃한 떡을 먹으니 긴장이 녹는 것 같아.

공모전에 도전하기로 했다. 공모전이 무엇인지 설명하는 데 한참 걸렸지만 다행히 서원이도 재밌다며 흔쾌히 따라 주었다. 서원이는 여름 내 잡았던 매미 이야기를 쓰고 싶어 했다. 시를 한 편 짓고 100일 쓰기에 쫄깃쫄깃 떨렸던 마음을 쓰고 싶다고 하였다. 그런데 서원이가 쓴 글을 보고 나서야 겉과 달리 속으론 꽤 부담이었다는 걸 알았다. 꼭 무언가를 새롭게 해야 하루의 가치가 올라가는 게 아닌데, 내가 욕심을 부린 것 같아 미안했다. 조금 더 내려놓고 정말 편한 글쓰기를 해야겠다고 다짐했다.

10월 5일 날씨 : 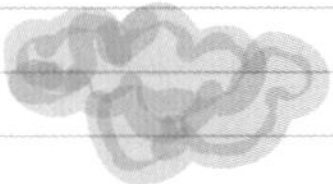

쫄깃쫄깃

공모전 시를 낼때 마음이
너무 쫄깃쫄깃 떨립니다.
쫄깃쫄깃한 떡을 엄마가 내
입에 넣어주니 긴장이 사르르 녹았
습니다.

난 툭하면 침대가 돼!

엄마: 일어나세요! 공주님. 아침이 밝았어.

서원: 더 잘 거야!

엄마: 그러니까 일찍일찍 자랬지요? 벌써 8시가 넘었어.

서원: 난 뒹굴뒹굴 굴러야 잠이 깨. 엄마.

엄마: 그러다 잠들 것 같은데? 그건 또 어느 나라 방식이야?

서원: 엄마. 나 찾아 봐라!

엄마: 일어나라니까 뭔 숨바꼭질 놀이야? 베개 밑으로 엉덩이 다 보이거든!

서원: 엄마도 같이 뒹굴뒹굴 자자.

엄마: 엄만 싫어. 그러다 침대가 되면 어떻게 하니?

서원: 난 이미 침대야. 툭하면 이렇게 침대가 돼!

정상적인 수업이 이루어지지 않으니 아이도 나도 생활의 리듬을 잃고 말았다. 내가 부지런해야 아이도 따라 배울 거라는 생각에 제일 먼저 일어났는데 서원이는 침대에 그대로 누워서 오랫동안 뒹굴뒹굴 굴러다녔다. 그러다 갑자기 100일 쓰기 노트를 가져왔다. 나는 갑작스런 서원이의 행동이 궁금해서 지켜보았다. 서원이는 방금 나와 나눈 이야기를 뚝딱 썼다. 그동안 자기가 쓴 글을 하나하나 보더니 웃으며 아침을 맞이했다. 나는 옆에서 함께 웃어주었다.

10월 6일 날씨 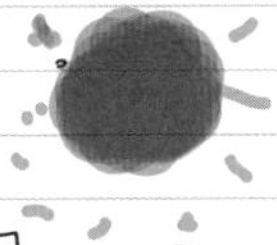

뒹굴뒹굴

일어나기 싫어서 뒹굴뒹굴
베개에 숨었다 나타났다
그러다 나는 침대가
되어버렸다.

엄만 나 낳을 때 간지러웠겠다

서원: 엄마, 사진 봐?

엄마: 서원아, 이거 너다!

서원: 어머 어머, 나 머리카락이 이렇게 많았네?

엄마: 여기가 갓 태어난 아가들이 있는 곳인데, 사람들이 너 볼 때마다 머리카락이 새까맣다고 엄청 신기해했어.

서원: 너무 웃겨. 아가들은 머리카락이 없던데. 나는 수북수북해.

엄마: 엄마도 너를 처음 안았을 때 깜짝 놀랐어.

서원: 엄마, 나 낳을 때 간지러웠겠다.

엄마: 그래서 하나도 안 아팠나 보다. 서원인 엄마한테 깃털처럼 간질간질 다가왔어.

오래된 사진들을 보고 있었다. 처음에는 정리할 생각으로 조금이라도 이상하거나 의미 없으면 다 삭제하겠다 마음을 먹고 시작했던 일. 하다 보니 하루 종일 추억 여행을 떠나게 되었다. 신생아실 사진 한 장으로 우리는 대화를 나누었다. 생생한 장면을 보니 이야기가 쏟아져 나왔다. 서원이와 이야기를 나누고 키득거리며 100일 쓰기를 했다. 추억을 통해 우리는 '오늘' 의 이야기를 만들고 있었다. 어떤 사진을 버릴까 고민하던 나는 결심했다. 메모리카드를 더 큰 것으로 바꾸기로.

10월 17일 날씨 

수북수북

아기때 누워있는 사진에
내 머리가 수북수북 하다.
커다란 밤송이가 누워있는
것 같았다.

조급한 마음을 내려놓고 쓰기 전 마음을 살펴주세요

쓰기는 시간이 필요한 일입니다. 준비할 시간이 필요하고, 쓸거리를 생각하고, 쓰고 다듬기까지 시간이 걸립니다. 시간을 다툰다면 엄마도, 아이도 쓰기를 즐길 수 없습니다. 본격적인 쓰기에 앞서 제일 먼저 해야 할 일은 아이의 마음을 살피는 일입니다. 엄마도 잠시 마음을 내려놓아야 합니다. 아이는 띄엄띄엄 가고 있는데, 엄마 혼자 속도를 내지 않아야 합니다. 긍정적인 시선으로 아이와 함께 준비를 해야 합니다. 행복한 시간이 되도록 마음을 편하게 갖다 보면 아이도 엄마의 마음을 느끼게 됩니다. 엄마부터 쓰기에 대해 마음이 열려야, 아이도 즐거운 마음으로 쓰기에 몰입할 수 있습니다.

- 쓰기 전 아이의 마음을 살필 것
- 엄마는 성급하게 끝내겠다는 마음을 버릴 것
- 쓸 수 있는 충분한 시간을 확보할 것
- 아이가 졸리거나 예민한 시간은 피할 것
- 쓰는 시간을 정할 것
- 일상처럼 습관이 되도록 만들 것

2 또 쓰라는 거야?

차 타고 하는 배 놀이는 싫어요

엄마: 서원아, 멀미할 때 많이 힘들었어?
서원: 바다에 떠 있는 배 같았어.
엄마: 그건 좋은 거 아냐?
서원: 아니지, 출렁출렁 얼마나 어지럽겠어. 그 배는!
엄마: 알았어, 그게 그렇게 화낼 일은 아니잖아.
서원: 난 너무 힘들었다고. 근데 아빠랑 엄마가 참으래서 더 힘들었어.
엄마: 결국 안 가고 집에 왔잖아. 그럼 됐지!
서원: 이미 내 마음에 물이 가득 차 있었어. 한참을 출렁거렸다고!

가붓한 차림으로 오랜만에 드라이브를 나섰다. 너무 오랜만이어서 그랬을까. 짧은 시간도 서원이는 투덜대며 울렁거린다고 했다. 우리는 결국 아쉬워하며 집으로 차를 돌렸다. 대충 있는 반찬으로 저녁을 해결하고 설거지를 마칠 즈음, 서원이가 100일 쓰기 노트를 가져왔다. 아까 멀미하느라 출렁거린 마음에 대해서 쓰겠다고 했다. 그림 속 서원이의 마음에 물이 반쯤 차 있었다. 아이의 글과 그림에 힘들었던 마음이 담겨 있었다. '아이는 꾸밀 줄 모른다' 는 말이 떠올랐다.

10 월 8 일 날씨: 

출렁출렁

차에 타면 마음이 출렁출렁
바다에 떠 있는 것같습니다.

새 책의 향기는 언제나 좋다

서원: 엄마, 나도 책 볼 거야. 엄마 옆에서.
엄마: 책 봐. 그런데 왜 꼭 엄마 옆이야?
서원: 솔솔 좋은 바람이 불거든.
엄마: 무슨 바람?
서원: 가을 바람에 엄마 냄새도 나니까.
엄마: 바람이 참 좋긴 하다, 부드럽고.
서원: 솔솔 불어서 나를 감싸주는 것 같아. 엄마도 바람을 느꼈어?
엄마: 아니, 서원이가 바람 얘기해서 알았어.
서원: 책에 빠졌었네.
엄마: 오늘은 정말 책 읽기 좋은 날이야.

평범한 일상을 누릴 수 없어서인지 부쩍 무기력한 날이 많아졌다. 기분 전환이 될까 싶어 책을 잔뜩 주문했다. 새 책 냄새는 언제나 향긋했다. 책을 정리해 꽂아 놓으니 부자가 된 것 같았다. 하루를 책과 함께 보냈다. 서원이는 책을 읽다가 나한테 기대어 바람을 느꼈다. 적당한 바람이 아이와 나를 감쌌고 우리는 행복한 여유를 즐겼다. 서원이는 100일 쓰기 노트를 가져오더니 책을 읽을 때 잠시 찾아 온 바람에 대해서 쓰기 시작했다. 엄마가 여유로울 때 아이에게도 편안한 마음이 찾아온다는 것을 알았다.

10월 9일 날씨:

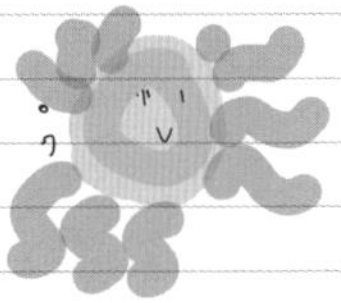

솔솔

책을 읽는데 바람이
솔솔 불어와 내 어깨를
부드럽게 감싸 주었다.
책 읽는 시간이 훌쩍 지나갔다.

친구들과 실컷 놀 수 있는 날을 기다려

엄마: 서원아!
서원: 엄마, 나 친구들이랑 놀면 안 돼?
엄마: 안 돼.
서원: 마스크 안 벗으면 되잖아. 그리고 오래 안 놀아.
엄마: 안 된다니까.
서원: 한 번만! 엄마.
엄마: 뭐 할 건데?
서원: 술래잡기!
엄마: 딱 십 분만 놀아!
서원: 십 분은 너무 짧지!
엄마: 벌써 시간 흐르기 시작했어. 십 분 후엔 집에 갈 거야.
서원: 아, 알았어. 엄마. 얘들아!!

서원이는 친구 두 명과 술래잡기를 시작했다. 놀지 말라고 말렸지만 사실, 신나게 뛰어노는 모습을 보고만 있어도 흐뭇한 미소가 지어졌다. 이 좋은 날에, 제대로 놀 수 없는 아이들을 보면서 지금의 현실이 더 갑갑하게 느껴졌다. 미끄럼틀을 타며 까르르 웃던 아이들, 시끌시끌 뛰어다니던 아이들의 발소리, 삐걱삐걱 그네 순서를 기다리던 아이들의 설레던 표정이 그리웠다. 다 놀고 뛰어 오는 아이를 보자마자, 준비해 간 새 마스크로 바꾸어 주었다. 꿈처럼 짧았던 시간이 얼마나 아쉬웠을까. 오늘의 100일 쓰기에는 짧았던 십 분의 행복이 담겼다.

10월 10일 날씨: 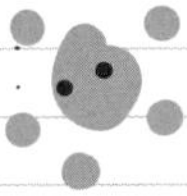

후다닥

친구들과 술래잡기 할때 요리조리 피해 후다닥 숨었다. 술래잡기는 후다닥 놀이다. ㅅㅅ

이건 너만 주는 거야

엄마: 서원아, 글씨 정말 잘 썼다.
서원: 반듯하지?
엄마: 맞아, 아주 반듯해. 엄마가 좋아하는 글씨체.
서원: 고마워, 엄마.
엄마: 엄마가 서원이한테 뭘 줄 건데, 뭘까?
서원: 뭔데?
엄마: 짜잔! 오백 원.
서원: 우와, 감사합니다.
엄마: 이걸로 뭐 할 거야?
서원: 근데, 언니도 줬어?
엄마: 아니, 너만 주는 거야.

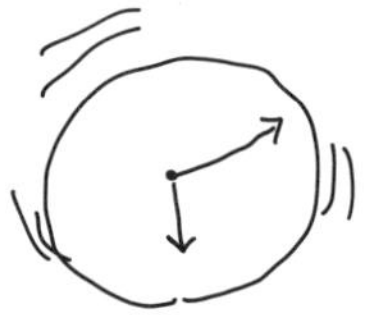

옷장을 정리하다가 잠바 주머니에서 오백 원을 발견했다. 서원이가 방문을 열고 학교 숙제를 보여 주었다. 반듯하게 쓴 글씨가 마음에 쏙 들었다. 나는 괜히 오백 원을 주기 위해 말을 걸었다. 서원이는 오백 원을 받더니, 방 안을 조용히 나갔다. 언니가 숙제하는 모습을 살피고선 자기 방으로 들어갔다. 책상에 앉아 예쁜 돌멩이 만지듯 오백 원을 만지작거렸다. 나는 서원이가 100일 쓰기에 과연 오백 원의 비밀을 쓸지 궁금했다. 언니 몰래 받은 오백 원에 얼마나 좋아하는지. 보는 내내 내 입꼬리도 함께 올라갔다.

10월 11일 날씨:

입꼬리

엄마가 언니 몰래 나한테
500원을 주어서 나도 모르게
입꼬리가 올라 간다.

다가가 어깨를 톡톡 만져주는 것

엄마: 오랜만에 잘 놀았지? 근데 우는 소리에 엄마가 놀랐어.
서원: 응, 내가 잘 달래줬어.
엄마: 어떻게?
서원: 옆에서 조금 기다려 주다가 어깨를 톡톡 만져줬어.
엄마: 그랬구나.
서원: 내가 위로해줬는데 마음이 풀렸대서 잘 놀았어.
엄마: 잘 풀어서 다행이야. 엄마 간식은 어땠어?
서원: 생크림이 너무 많았어, 조금만 넣어줘. 다음부터는.

서원이 친구들을 오랜만에 초대했다. 종알종알 아이들의 소리가 정겹게 들리는가 싶더니 한 명이 갑자기 울기 시작했다. 얼른 간식을 들고 방으로 들어갔다. 다행히 친구는 울음을 멈추었고, 서원이는 자기만의 방식으로 풀어주었다고 했다. 아이들은 달콤한 생크림을 입에 잔뜩 묻힌 채 즐겁게 놀다 갔다. 서원이의 말 중에 톡톡이라는 표현이 마음에 남았다. 서원이도 그 말을 넣어 글을 썼다.

10월 12일 날씨 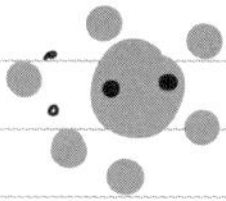

톡톡

울고있는 친구에게 다가가 어깨를 톡톡 만져 준다.

음악 없인 못 살아

엄마: 서원아. 여기는 무대야.
서원: 무슨 공연할 건데?
엄마: 맘마미아!
서원: 댄싱퀸하자!
엄마: 좋았어!
서원: 엄마. 내가 먼저 시작할게.
엄마: 서원이도 이 노래 좋아하는 게 신기해.
서원: 그냥 흥겨워. 그리고 재밌어.
엄마: 우리 그룹 할까? 엄마랑 딸이랑? 재밌겠다.
서원: 재밌겠다. 엄마, 우리 하자.
엄마: 꼭 하자, 언젠가!

어릴 적 내 꿈은 뮤지컬 배우였다. 못 이룬 꿈에 대한 미련 때문에 합창단도 했었다. 하지만 아이를 키우는 게 우선이었던 시간들. 세월도 무심하지. 이제는 높은음이 올라가지 않고, 몸은 뻣뻣해졌다. 우리끼리의 공연이지만 어떤 무대보다 좋았다. 오늘 같은 날은 아이들에게 특히 고맙다. 하루라는 시간이 그저 선물 같았다.

10월 13일 날씨:
흥얼흥얼

아침부터 노래가 흥얼흥얼 나온다. 멈추려고 해도 계속 흥얼흥얼 노래가 나온다. 마음이 신났나보다.

너의 온기로 하루를 보낸다

서원: 엄마 언제 왔어?

엄마: 좀 전에. 서원아, 엄마 밤에 추웠어.

서원: 엄마, 나도 추웠어. 그래도 눈 떠서 엄마를 처음 보니까 좋아.

엄마: 엄마도 좋아. 보일러가 꺼져 있었어. 다시 켰어.

서원: 자꾸 다리가 움직여져. 아직도 추운가 봐.

엄마: 엄마도 몸이 으슬으슬 떨려.

서원: 그럼 우리 꼭 안고 좀 있자. 엄마.

엄마: 우리 서원이 따뜻하다.

서원: 엄마가 더 따뜻해.

엄마: 서원아, 엄마랑 같이 있으면 좋아?

서원: 당연하지. 안 좋아하는 딸은 없지!

일어났는데 이상하게 한기가 돌았다. 보일러가 꺼져 있었다. 다시 켜 놓고, 아이들 방에 가 보았다. 역시 추웠다. 담요를 돌돌 말고 자던 서원이가 눈을 떴다. 눈을 뜨자마자 엄마가 보이니 좋다는 말을 하면서. 서원이의 말 한 마디, 웃음이 내 아침을 환하게 밝혀주었다. 서원이의 100일 쓰기에서 우리가 추워서 떨던 모습은 구름을 탄 눈사람이 되었다. 차가운 현실도 멋진 글로 변신할 수 있으니까. 쓰기의 매력을 서원이가 알았으면 좋겠다.

10월 14일 날씨: 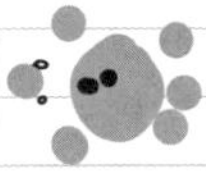

으슬으슬

날이 추워서 하루에도
몇번씩 다리가 으슬으
슬 춤을 춘다. 구름을 탄 것처럼...

쥐가 나면 엄마는 왜 못 도와줘?

엄마: 서원아, 왜 그래?
서원: 엄마. 내 발이… 안 움직여.
엄마: 쥐났구나. 저런.
서원: 발에 모래 알갱이들이 모이고 있어.
엄마: 곧 풀릴 거야. 조금만 참고 기다리면.
서원: 그게 언제야? 우글우글 간지럽단 말이야.
엄마: 서원아, 그 말 참 재밌다.
서원: 치, 나 못 웃어. 그럼 더 간지러워서. 쥐날 때 엄마는 못 풀어줘?
엄마: 엄마가 건드리면 더 찌릿찌릿해.
서원: 나 잠시 얼음이야. 하나도 못 움직여.

의자에 오래 앉았다 일어났는데 아이 발에 쥐가 났다. 잠시였지만 서원이와 나눈 대화는 내 마음에 오래 남았다. 쓸거리가 없던 하루, 나는 서원이의 반짝이는 말을 쓰기로 연결시켜 보았다. 새로운 시선과 자유로운 표현이 재미있었다. 얼음이 된 자신과 우글우글 찬 모래 알갱이의 느낌이 글에서 고스란히 느껴졌다. 100일 쓰기에 서원이의 하루가 담기는 것 같아 의미 있다고 생각해 왔는데, 일상에서 소재를 찾고 그 소재로도 충분히 창의적인 쓰기가 가능했다.

10월 15일 날씨: 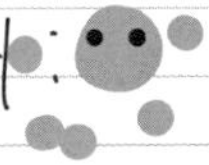

우글우글

의자에서 일어날 때 내 발에 모래가 우글우글 합니다. 신기하게도 잠시 나는 얼음이 되었습니다.

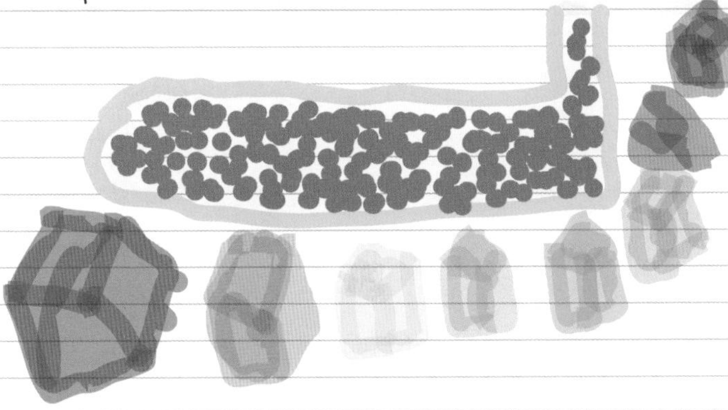

버릴 인형 고르기는 너무 어려워

엄마: 자, 여기서 꼭 필요한 인형만 고르는 거야. 알았지?
서빈, 서원: 네!
엄마: 대답도 우렁차서 좋네. 과감하게 버리기다. 이제 너희들 컸잖아!
서원: 근데 엄마, 이건 못 버려. 할머니가 직접 만들어서 주신 거니까.
엄마: 음, 그건 세상에 하나뿐인 토끼니까 인정할게.
서빈: 이것도 안 돼. 이모가 나한테 처음으로 사준 인형이라서.
엄마: 그럼 이 강아지 세트 버릴까?
서원: 안 되지. 이건 출장 갔다가 아빠가 힘들게 사다 준 건데.
엄마: 이래선 언제 버리니? 필요 없는 건 버려야 해. 그게 오늘 우리 목표야.
서원: 난 곰돌이는 진짜 못 버려. 얘는 진짜 안 돼. 엄마.
엄마: 털도 뻣뻣해졌는데 버리자. 다 안 되면 어쩌니?
서원: 털이 얼마나 보들보들한데! 얜 정말 따뜻해.

버릴 인형을 다른 바구니로 옮겨 달라고 했더니 아이들은 엄청 고민을 하다가 가지고 놀기 시작했다. 결국, 원점으로 돌아간 하루. 하지만 한 가지는 남았다. 버리려던 인형들이 서원이 글 속에 남았다. 글과 그림에 따뜻함과 부드러움이 잘 살아 있었다. 서원이는 곰돌이를 글로 남겨놓아서 마음이 좋다고 했다. 글로 써 놓으니까 잊고 싶지 않은 것이 오래 남아서 좋다고. 오늘은 서원이가 쓰기 시간을 편하게 생각하는 것 같았다.

10월 16일 날씨: 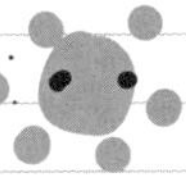

보들보들

내 곰인형은 보들보들 해서 언제나 내 마음을 따뜻하게 녹여줍니다.

기다려 주는 일

엄마: 서원아, 왜 갑자기 조용해졌어?
서원: 쉿! 엄마. 메뚜기 있어.
엄마: 그래?
서원: 메뚜기가 가는데 물풍선을 던지면 놀랄 거야.
엄마: 어머, 메뚜기가 왜 저렇게 느리지?
서원: 피곤한가 보지 뭐.
엄마: 하하, 너무 웃기다.
서원: 폴짝폴짝, 귀엽지?
엄마: 메뚜기는 별로 안 좋아해서. 할머니가 튀겨주는 건 먹어 봤지만.
서원: 뭐라고? 그게 무슨 말이야! 엄마, 징그럽게!
엄마: 옛날엔 메뚜기를 튀겨 먹기도 했어. 진짜야.
서원: 쉿! 이제 갔다.

지인의 초대로 글램핑장에 갔다. 어른들은 밥을 하고, 아이들은 물풍선 놀이를 했다. 펑펑 터지는 소리가 나고, 웃음소리가 숲을 가득 채웠다. 갑자기 조용해져서 무슨 일인가 달려갔는데, 메뚜기 때문이란다. 서원이는 그때 일을 쓰기에 담으며 나에게 말했다. 기다려주는 동안 기분이 뿌듯했다고. 메뚜기가 좋아했으면 좋겠다고 말이다. 그리고 엄마가 자꾸 말을 시켜서 싫었다고 했다. 때로는 아이에게 하고 싶은 말이 있어도 조금 참아야겠다. 아이의 생각이 무럭무럭 자라는 순간을 방해하면 안 되니까.

10월 17일 날씨

폴짝폴짝

풍선 놀이를 할 때 메뚜기가 폴짝폴짝. 잠시 놀던 것을 멈추고 메뚜기가 지나가길 기다립니다.

글쓰기 작전 2단계

생각할 시간은 충분히, '오늘 하루'를 메모하세요

무엇을 쓸지 고민하는 시간입니다. "엄마 나 뭐 써요?"라고 아이는 항상 묻습니다. 어떤 경우는 아이가 묻고 바로 답을 찾기도 하지만 초롱초롱한 눈으로 엄마의 입만 쳐다볼 때가 많습니다. 아이는 엄마와 대화를 하고 싶어서일 거예요. 책을 읽을 때도, 쓰기를 할 때도 엄마가 있으면 행복이 배가 되는 게 아이들이니까요. 아이가 엄마와 대화의 물꼬를 트려고 한다면 놓치지 마세요. 쓰기에 아주 중요한 순간이 온 거예요. 엄마는 기다렸다는 듯 여러 가지 소재를 찾아줄 수 있습니다. 소재는 다양하고, 우리의 모든 일상이 이야기입니다. '오늘 하루' 메모는 엄마도, 아이도 필요합니다. 습관을 길러 주세요. 메모 노트를 오래 만든 아이들은 소재를 찾는 눈이 저절로 길러집니다. 주변을 보는 마음결이 달라집니다. 자유로운 산책을 떠나듯 가장 쓰고 싶어 하는 이야기를 엄마와 함께 찾아보세요.

- 아이가 "뭐 써요?" 라고 할 때 찌푸리지 말 것
- 적극적으로 아이에게 다가갈 것
- 사고력을 키울 수 있는 소재를 일상에서 찾을 것
- 주변 관찰을 통해 소재 찾기에 쉽게 접근할 것
- 엄마도 아이도 '오늘 하루' 를 메모할 것

3

뭘 쓰지?

외할머니는 언제나 바쁜 사람
늘 그 자리에 있어주는 바다는
갈매기의 발자국 따라 걸어 보기
100일 쓰기가, 습관이 되었다
마스크로 놀아도 이렇게 즐겁다니
작심하고 갈비구이
유난히 파란 하늘을 바라본다
몸이 추웠다 더웠다 널뛰기를 한다
학원으로 한 걸음 용기 내기
바스키아처럼 자유로운 하루
글쓰기 작전 3단계

외할머니는 언제나 바쁜 사람

서원: 할머니 머리가?
할머니: 아이쿠, 서원이 눈썰미도 좋지. 바로 알아보네?
서원: 꼬불꼬불해요. 머리가.
할머니: 돌돌 말려 있지?
서원: 네, 신기하고 재미있어요.
할머니: 파마를 했지!
서원: 꼬불꼬불 지렁이가 기어가는 것 같아요.
할머니: 하하하!
서원: 할머니, 자고 가세요.
할머니: 다음에 또 올게. 잘 지내거라.

엄마는 김치를 주고 급히 가셨다. 아이들과 몇 마디 나누지도 못했다. 코로나 때문에 장사는 안 되고, 그렇다고 유지를 안 할 수도 없으니 닫지도 못 하고 있다는 말씀에 마음이 무거웠다. 수십 년 장사에 단골도 많았는데 안타까운 현실이었다. 서원이는 늘 짧게 있다 가는 할머니를 아쉬워했다. 할머니의 신기한 머리 이야기를 쓰고, 할머니한테 보여주고 싶어 했다. 꼬불꼬불한 머리가 제법 엄마와 비슷했다. 나는 그림 속 엄마를 서원이와 오래오래 보았다.

10월 18일 날씨: 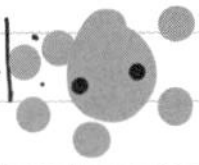

꼬불꼬불

할머니 머리 모양은 신기하고 재밌습니다. 꼬불꼬불 지렁이가 기어갑니다.

늘 그 자리에 있어주는 바다는

엄마: 서원아, 저기 봐.
서원: 와, 바다다!
엄마: 이게 얼마만이야.
서원: 반가워, 바다야.
엄마: 파랗다. 예쁘고.
서원: 반짝반짝 빛나.
엄마: 어쩜 저렇게 색이 여러 가지로 보이지?
서원: 바다에 햇살이 수를 놓았어. 알록달록.
엄마: 햇살이 재주도 좋다.

초록 물결이 가득한 숲길을 한참 동안 달려 도착한 곳에 바다가 있었다. 출렁이는 파도, 뻥 뚫리는 기분, 이 모든 것을 너무 오랜만에 느꼈다. 어느 집이나 마찬가지겠지만 코로나 때문에 여행도 외출도 자유롭지 못한 요즘이다. 바다를 보며 한 생각을 서원이는 쓰기에 담았다. 아름다운 바다의 마음까지도 보이는 듯했다. 바다는 늘 그 자리에 있으니, 다음에 다음에 또 다음에도 와야지. 나도 서원이처럼 마음에 바다를 남겼다.

10월 19일 날씨 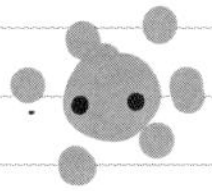

알록달록

바다에 햇살이 수를 놓았습니다. 알록 달록 반짝입니다.

갈매기의 발자국 따라 걸어 보기

엄마: 엄청 많네. 누가 이렇게 발 도장을 찍었을까?
서원: 걔네들이야. 엄마.
엄마: 갈매기가 엄청 많다.
서원: 방금 여기서 쉬었다 날아갔나 봐.
엄마: 벌써 저만큼 날아간 거야?
서원: 나도 갈매기 발 도장 따라서 걸어 볼래.
엄마: 미끄러우니까 조심해.
서원: 엄마도 해 봐! 재밌어!

아침 산책 겸 해변을 걷기로 했다. 말 없이 출렁이는 바다를 바라보며 등대까지 길게 뻗은 해변을 거닐었다. 서원이가 저 만치 앞서 가더니 콕콕콕 발 도장을 찍었다. 자세히 보니 누가 남겨놓은 발자국을 따라 걷고 있었다. 나도 뒤뚱뒤뚱 조심스럽게 서원이의 발 도장을 따라갔다. 갈매기들이 앉아 쉬었던 자리에 서서, 서원이는 눈을 감고 팔을 펄럭였다. 갈매기처럼 날아오른 서원이의 마음은 하늘 어디까지 닿았을까 궁금했다. 서원이는 숙소에 돌아와 쓰기 노트를 꺼냈다. 자기가 밟았던 갈매기의 발자국이 머릿속에서 다 사라지기 전에 남기고 싶어 했다.

10월20일 날씨 :

꾹꾹

갈매기가 모래사장에
발 도장을 꾹꾹 찍어
놓았습니다. 나도 조심스레
길을 따라 밟아봅니다.

100일 쓰기가, 습관이 되었다.

엄마: 질퍽질퍽해, 조심해.

서원: 그래서 더 재밌어, 엄마.

엄마: 그러다 옷 버리면 엄만 몰라. 장화도 가져올 걸.

서원: 조개껍데기 언제 다 줍지?

엄마: 안 주워도 돼. 서원아.

서원: 이렇게 다 예쁜데, 어떻게 안 주워?

엄마: 몇 개 골라 담아.

서원: 엄마, 대신 이번엔 진짜 버리면 안 돼!

엄마: 아, 알았어.

서원: 언제 또 올지 모르잖아.

마지막 날이라 아쉬움이 컸다. 짐을 싸고, 갯벌에서 조개껍데기를 주우며 남은 시간을 보내기로 했다. 서원이는 쉴 새 없이 종알종알댔다. 이 조개껍데기는 이래서 예쁘고, 저 조개껍데기는 요래서 예쁘다고. 이렇게 다 예쁜 조개껍데기를 어떻게 그냥 두고 가냐며 주머니에 가득 담았다. 서원이는 바다 이야기를 온전히 담아냈다. 한 글자, 한 글자에 정성이 들어 있었다. 3주는 해야 습관이 된다는 말이 떠올랐다. 아이는 어느덧, 습관처럼 쓰기를 하고 있었다. 그리고 예전처럼 웃음이 많아졌다.

10월21일 날씨:

질퍽질퍽

질퍽질퍽한 놀이터는 신기해요. 다닥다닥 조개껍데기들이 신나서 노래를 부르고 있어요.

마스크로 놀아도 이렇게 즐겁다니

엄마: 서원아, 잘 있었어?

서원: 그럼, 엄마가 하라는 게 많아서 이것저것 하느라 바빴지.

엄마: 기특하네. 애썼어. 엄마도 박람회 잘 끝내고 왔어.

서원: 엄마, 이거 의사 마스크 아냐?

엄마: 어떻게 알았어?

서원: 내가 잘 알지. 뉴스에 나왔잖아.

엄마: 유심히 보는 습관은 좋은 것 같아. 엄마는 관심 있는 것만 자세히 보는데, 서원이 습관을 좀 배워야겠어.

서원: 나 어때?

엄마: 멋져! 아주.

동네에서 하던 책 놀이를 확장시켜 메이커 지원 사업에 도전했고, 원데이 클래스를 진행했다. 메이커들끼리 박람회를 열기로 했는데, 바로 오늘이었다. 나는 작가노트로 사람들과 이야기를 나누며 쓰기 노트를 채워보았다. 사람들 마음속에 이야기가 꿈틀거린다는 것을 또 한 번 느꼈다. 집으로 왔을 때 서원이는 여분으로 받은 의사 마스크를 보고 엄청 신기해했다. 마스크를 쓰고 인형 환자를 데리고 놀더니 마음을 담아 글을 썼다.

10월22일 날씨 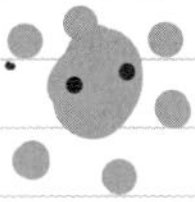

마스크

우연히 코로나 의사 마스크
가 생겼습니다.나는 집에서
하루종일 쓰고 놀아요. 내
가 정말 의사가 된 것 같습니다.

작심하고 갈비구이

서원: 엄마, 냄새가 아주!
엄마: 어때? 맛있을 것 같아?
서원: 빨리 구워주세요. 못 참겠어.
엄마: 뜨거워. 천천히 먹어.
서원: 엄마, 입 안에서 녹아. 어쩜 이렇게 부드러워?
엄마: 키위를 넣어서 그런가?
서원: 그냥 입에 들어가자마자 사라져. 신기해.
엄마: 하하하하, 방금 입 안으로 들어가던데? 어디로 갔대?
서원: 목구멍에서 사라져 버렸어.
엄마: 100일 쓰기에 등장시킬까?

오랜만에 집에서 갈비를 구웠다. 난장판이 된 부엌을 보며 언제 치우나 한숨도 나왔지만 가족 모두 맛있게 잘 먹은 걸로 됐다. 서원이는 설거지를 하고 있는 내 옆에서 사라져 버린 갈비 이야기를 썼다. 글을 쓰면서도 못내 아쉬운 듯 입맛을 쩝쩝 다셨다.

10월23일 날씨 : 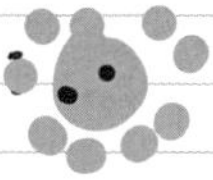

고기

LA 갈비고기는 부드러워
서 목구멍에서 마술처럼
사라집니다.

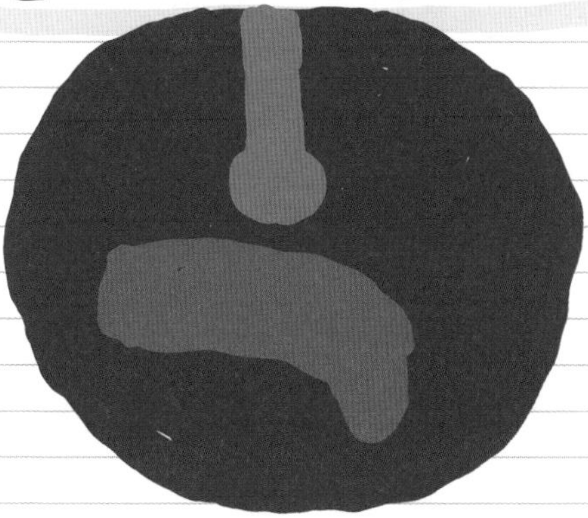

유난히 파란 하늘을 바라본다

서원: 엄마, 이게 뭐게?
엄마: 하늘이지.
서원: 아닌데, 바다야.
엄마: 아, 자세히 보니 바다랑 하늘이 하나인데?
서원: 엄마, 그렇게 보였어?
엄마: 응, 그냥 연결되어 있는 것 같아.
서원: 내가 그걸 그리고 싶었거든.
엄마: 근데 웬 바다야?
서원: 우리가 봤던 바로 그 바다야.
엄마: 그런데 하늘이랑 이어졌다고?
서원: 에이, 엄만 못 봤구나.

아침부터 괜히 부산했다. 냉장고를 열었다 수납장을 열었다 반복하는데 서원이가 스케치북을 들고 다가왔다. 서원이는 조용히 혼자 쓰기를 하고 나에게 보여주었다. 하늘까지 이어진 푸른 바다가 있었다. 글에 진심을 담는다는 말이 무언지 알 것 같았다.

10월 24일 날씨: 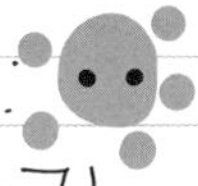

찰랑찰랑

찰랑찰랑한 푸른 바다가
하늘까지 이어져 있어요.
스케치북에 그린 것 처럼요.

몸이 추웠다 더웠다 널뛰기를 한다

서원: 엄마, 근데 오늘은 왜 밥을 안 줘?

엄마: 오늘은 하루 종일 고구마를 먹을 거야.

서원: 어떻게 세 번을 고구마만 먹어?

엄마: 대신 고구마를 변신시켜서 요리해 주면 되잖아.

서원: 고구마는 그냥 고구마가 제일 좋아, 난.

엄마: 그래? 피자랑 만들어 주려고 했는데?

서원: 아, 싫어. 그냥 맛있게 구워 줘.

엄마: 고구마만 먹어도 되겠어?

서원: 괜찮아. 대신 사르르 녹게 만들어 줘.

엄마: 사르르?

서원: 그래야 엄마 몸도 녹지.

고구마로 하루를 보내는 법에 대해 생각했다. 아침에는 쪄먹고, 점심에는 맛탕, 저녁은 고구마피자로. 고구마 하나로 하루 살기 식단이 다 완성되었다. 고구마를 먹기도 전에 서원이 말을 듣고 몸이 사르르 녹았다. 꿀범벅이 되어 껍질이 촉촉해진 고구마를 서원이와 나누어 먹으며 100일 쓰기를 했다. 말 한 마디와 한 문장의 힘 중 무엇이 더 클까? 서원이의 쓰기에 힘이 담기기 시작했다.

10월25일 날씨 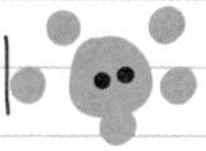

사르르

몸이 으스스 추웠는데 달콤한 꿀고구마가 내 몸을 사르르 녹여주었습니다.

학원으로 한 걸음 용기 내기

엄마: 피아노가 좋아?
서원: 응.
엄마: 다시 다니고 싶어?
서원: 응.
엄마: 집에도 피아노 있잖아.
서원: 난 새로운 곡을 배우고 싶어.
엄마: 그런 거구나. 그럼 영어 학원에 바로 붙어 있는 피아노 학원에 가 볼래?
서원: 그것도 괜찮겠다. 가까우니까.
서원: 엄마, 여기는 마음이 안 내켜.
엄마: 왜?
서원: 이유는 100일 쓰기에 써 줄게.

안 보내던 학원을 보내기로 마음먹은 날. 서원이 손을 잡고 집을 나섰다. 오랜만에 나오니 가을이 거의 끝나고 있었다. 얇은 옷 사이로 스미는 바람이 스산했다. 피아노 학원 몇 곳에 들렀다 나오면서 서원이와 대화를 나누었다. 그런데 끝까지 이유를 못 들었다. 100일 쓰기에 이유를 쓰겠다는 말을 들었을 때 감사했다. 이제는 알아서 떠올려주니 말이다.

10월 26일 날씨:

걸걸하다

엄마와 피아노 학원을 찾아다녔다. 근데 그중 한 개의 학원에 선생님 목소리가 걸걸했다. 조금 많이 혼낼 것 같은 목소리다. 거긴 가지 말아야지.

바스키아처럼 자유로운 하루

서원: 그림 진짜 많다.
엄마: 이런 덴 처음이지?
서원: 저 사람이 바스키아야?
엄마: 많은 사람들이 바스키아를 천재라고 해.
서원: 뭔가 정신이 없어. 근데. 엄마.
엄마: 음, 다 의미가 있는 거야. 바스키아가….
서원: 접시에도 다 그렸네. 그림을!
엄마: 영상도 있는데, 바스키아가 어떻게 말했는지 안 궁금해?
서원: 바스키아는 머리가 제일 재밌다. 삐죽삐죽.

바스키아 전시회 표가 두 장 생겼다. 서원이에게 또 다른 세상을 보여주고 싶은 마음에 같이 갔다. 서원이에게도 얼마나 좋은 경험이 될지 기대가 됐다. 하지만 모든 일이 생각대로 되지는 않는 법. 전시회 한 번 다녀왔다고 아이가 화가의 꿈을 품는 것도 아니었고 바스키아에 대해 말해주고 싶었지만 서원이는 심드렁했다. 그저 전시회에서 받은 인상을 솔직하게 들려줄 뿐이었다. 서원이는 바스키아를 아주 자유롭게 보았고 느낀 그대로의 마음을 표현했다. 얽매이지 않고 마음가는 대로 쓴 서원이의 글이 바스키아 같았다.

10월 27일 날씨: 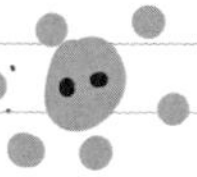

그림

천재 바스키아 머리모양은 단풍잎 같습니다. 그림은 뭔가 복잡했습니다.

글쓰기 작전 3단계

소통을 통해 소재를 풀어내요

소재는 찾았는데 어떻게 풀어내야 할지 또 고민의 연속입니다. 하지만 걱정은 하지 않아도 됩니다. 아이와 나누는 대화가 깊고 풍성할수록 쓸거리는 많아지니까요. 예를 들어, 아이가 바다포도를 처음 먹게 된 날의 이야기입니다. 물에 불리니 커지는 모습이 꽤 신기했습니다. 아이는 부푼 마음으로 한 입 먹더니, 눈을 찡그렸습니다. 저는 직접 먹어 봐야 아이와 얘기가 통할 것 같았지요. 내키지 않았지만 함께 먹었습니다. 제 취향은 아니었는데 먹을 때 톡톡 터지며 소리가 나더군요. 저는 바다포도를 앞에 두고 아이와 한참 이야기를 나누었습니다. 바다포도 소리가 음악 같다는 이야기를 나누었습니다. 아이와 함께 공감하는 시간이 행복하고 즐거웠습니다. 아이도 그런 듯했습니다.

- 아이와 함께 체험해 볼 것
- 체험을 통해 공통 소재를 찾을 것
- 소재에 대한 아이의 호기심을 확인할 것
- 소재를 확장시키는 대화로 유도할 것

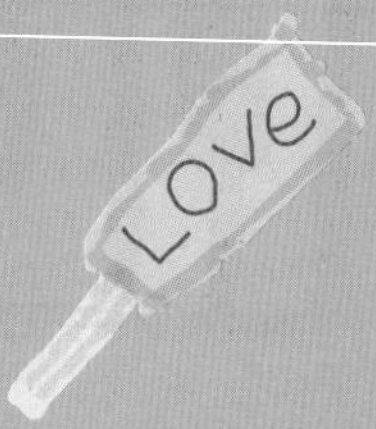
Love

4 조금은 쓸 수 있어!

선택을 할 때, 너의 마음도 중요해
가을에만 볼 수 있는 비
소중한 것을 놓치는 순간
얼마나 거창한 것을 줄까
도대체 언제까지
아주 잠시, 혼자였다
가을을 즐기러 떠난 새에게
그 많던 김치는 어디로 갔을까
그래도 둘이라서
또 다른 계절을 위해
글쓰기 작전 4단계

선택을 할 때, 너의 마음이 중요해

서원: 엄마, 목소리 이상해.
엄마: 왜? 상냥하게 들리지 않아?
서원: 아니, 전혀!
엄마: 아, 속 탄다. 속 타.
서원: 이제 정했네, 피아노 학원!
엄마: 오래도 걸렸어.
서원: 엄마, 시원한 거 해 줘. 저녁에!
엄마: 시원한 게 뭐지? 얼음 팍팍 넣고 동치미 국수 해 먹을까?
서원: 뭐든 좋아. 시원한 거 벌컥벌컥 마시고 싶어.

바람은 시원한데, 나도 서원이도 몹시 갈증을 느꼈다. 우리는 얼음이 동동 뜬 동치미 국물과 쫄깃한 면발을 순식간에 먹었다. 서원이는 집이 제일 좋다고, 학원에 안 갈 때가 좋았다고, 동치미 국물이 끝내준다고 소소한 이야기를 끝도 없이 쏟아내면서 쓰기를 했다. 답답했던 마음을 글로 풀어내고 나니 서원이의 표정이 한결 밝아졌다.

10월28일 날씨: 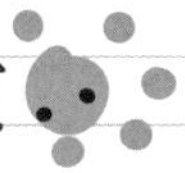

국물

동치미 국수를 먹었습니다.

시원하고 개운했습니다.

발끝까지 국물이 흘러

내려 갔습니다.

가을에만 볼 수 있는 비

서원: 엄마, 100일 쓰기 정했어.
엄마: 벌써?
서원: 가을에 내리는 비를 쓸 거야.
엄마: 아, 지금 서원이랑 엄마랑 보고 있는 거?
서원: 나뭇잎 비가 알록달록하잖아.
엄마: 나뭇잎이 진짜 비처럼 내린다.
서원: 이건 가을에만 볼 수 있을걸?
엄마: 그렇겠다.
서원: 보일 때 써 두려고.

아침부터 부슬부슬 가을비가 내렸다. 서원이는 우산에 나뭇잎 비가 떨어진다고 했다. 자연의 변화와 시간의 흐름을 느끼고, 그 모든 것의 의미와 소중함을 느낄 수 있는 아이로 자라는 것 같아서 참 다행스러웠다. 서원이가 쏟아낸 말을 생각나는 대로 메모장에 적어두었다. 집에 왔을 때, 나는 메모장을 열어 아침에 서원이가 했던 말을 찾아주었다. 가을에만 볼 수 있는 비 같다고 했던 말이 메모장에서 반짝거렸다. 서원이의 말에서 씨앗을 찾고, 아이의 마음을 고스란히 담으니 쓰기가 더욱 풍성해졌다.

10월29일 날씨: 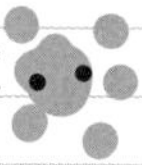

가을

나뭇잎비를 우두두 맞았습
니다. 가을에만 볼 수 있는
알록달록한 비 같습니다.

소중한 것을 놓치는 순간

엄마: 엄마가 앞으로 맛있는 거 많이 만들어 줄게.

서원: 그런데 엄마, 요즘 왜 자꾸 방귀가 나오지?

엄마: 똥 쌀 때 된 거 아니니? 시원하게 뿡 껴!

서원: 뿡!

엄마: 프스! 부우우우욱!

서원: 두구두구! 뿍! 꽉!

서원: 한 판 했어.

엄마: 방귀 소리 엄청 재밌다.

서원: 참았다가 터트려서 그래. 깜짝 놀랐지?

엄마: 아니, 시원하게 들렸어. 리듬이 있어서 듣는 재미가 있어.

서원: 무슨 소리가 났는데? 난 끼느라 몰랐거든.

엄마: 진짜 여러 가지던데?

온라인 장보기를 하다가 점심시간을 훌쩍 넘겨 버렸다. 서원이는 거실 바닥을 지렁이처럼 기어 다니다 방귀소리를 표현해 보자고 했다. 프스라는 내 말에 서원이는 데굴데굴 거실을 구르며 웃었다. 이번에는 서원이가 두구두구 뿍 꽉이라고 했다. 소리가 커도 냄새가 안 난다고 의기양양 했다. 나도 옆구리가 결릴 때까지 웃었다. 늘어져 있던 서원이가 활기를 띠었다. 나는 서원이와 방귀소리를 표현하자고 했다. 향기요정을 등장시켜서 글쓰기가 더욱 예쁜 색을 입은 것 같다고 말해주었다.

10월30일 날씨 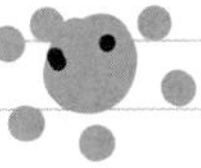

음악

하루종일 방귀가 뿡뿡 나옵니다. 음악처럼 뿡뿡 뚜뚜두뚜 프스 뿡뿡. 음악을 따라 향기요정이 살살 날고 있습니다.

얼마나 거창한 것을 줄까

엄마: 서원아, 엄마한테 선물을 준다면 어떤 거 주고 싶어?

서원: 생일 선물?

엄마: 응, 그렇다 치고.

서원: 그런데 나는 돈도 없는데. 아직 더 모아야 해.

엄마: 돈이 있다고 생각하고, 어떤 거 주고 싶은지 말해 봐.

서원: 글쎄, 엄마가 좋아하는 거 줘야지.

엄마: 너무 궁금하다. 우리 딸이 뭐 줄지.

서원: 엄마, 생각났어. 그 빨간 병에 들어 있는 거!

엄마: 쓰리라차?

서원: 엄마 매운 거 엄청 좋아하잖아. 그러니까 입에 쭉 짜 줄게.

가끔 서원이 친구들을 데리고 그림책을 읽어주었다. 재능기부를 할 수 있어서 뿌듯했지만 서원이는 엄마가 친구들에게 눈맞춤을 해서 싫었다고 했다. 나는 망치로 한 대 얻어맞은 기분이었다. 아이의 마음을 읽어주지 못한 거 같아 후회스러웠다. 그 뒤로 나는 서원이 마음보다 앞서 나가지 않으려고 노력했다. 늘 아이의 뜻을 묻고, 어떤 마음인지 들으려고 노력했다. 생각만 해도 코가 찡할 정도로 매운 선물을 받은 것 같아 웃음이 났다. 아이는 나의 모든 것을 유심히 보고 있었다. 글을 쓰면서 서원이가 꽃처럼 활짝 웃었다. 서원이의 마음은 어디까지 자랄까.

10월31일 날씨

엄마

엄마는 매운걸 좋아합니다.
매운 소스를 생일 날 주르륵
입에 짜 주어야 겠습니다.

도대체 언제까지 우리는

서원: 마스크도 못 벗고 너무 답답했어.

엄마: 물도 못 마셔?

서원: 마스크를 벗을 수가 없어.

엄마: 집에 빨리 오고 싶었겠네.

서원: 오늘은 진짜 코로나한테 좀 따져야겠어!

엄마: 뭐라고?

서원: 하도 할 말이 많아서 내가 좀 생각하고 쓸 거야.

엄마: 그래, 우리 따지든 부탁을 하든 뭐라고 좀 하자!

서원: 내가 쓴 글을 코로나도 보겠지?

엄마: 보겠지. 여기저기 옮기느라 요즘 바쁘겠지만.

마스크도 벗지 못 하고 피곤했을 아이를 보니 안쓰럽고 미안했다. 배에다 꿀을 잔뜩 넣고 시원하게 갈아주었다. 그런데 아이 둘 다 찡그리더니 두 모금도 마시지 않았다. 나는 서운한 마음에 입을 대보았다. 달아도 너무 달았다. 아이고, 미안! 서원이는 쓰기를 펼치고 한참을 생각하더니 쉬지도 않고, 코로나에게 따졌다. 제발 자기 말을 코로나가 들어주었으면 좋겠다면서 씩씩거렸다. 하고 싶은 말을 쏟아내고 조금 편해졌는지 거실을 신나게 뛰어다녔다.

11월 1일 날씨 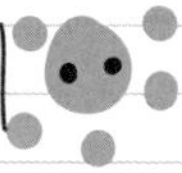

도대체

도대체 넌 언제 사라질거니? 우리를 그만 괴롭혀! 더 이상 못참겠어. 난! 가을을 이렇게 보내기 싫어.

아주 잠시, 혼자였다

서원: 엄마, 여기서 뭐 해?
엄마: 응? 왜 나왔어?
서원: 엄마가 없으니까. 같이 만들어야 재밌지.
엄마: 아냐. 선생님이 너 혼자 해도 된다고 했어.
서원: 바느질도 있어. 엄마가 해줘.
엄마: 잠깐만, 엄마 커피 많이 남았는데.
서원: 아, 빨리 들어가서 만들어야 해.
엄마: 언니는 혼자 잘 하는데, 너도 해 봐, 재밌을걸?
서원: 아니야. 같이 해. 빨리!

인형 만들기 체험을 하러 가고 나는 창문 너머로 아이들의 모습을 보았다. 커피를 한 잔 시켜 오랜만에 여유를 갖고 마셨다. 그동안 이런 여유가 몹시 그리웠다. 커피 향이 입안 가득 퍼지고 나는 저절로 눈을 감으며 음미를 하다가 하마터면 커피를 쏟을 뻔했다. 서원이가 하도 급하게 손을 잡아끌어서. 서원이는 자기가 만든 인형 이야기를 썼다. 그리고 친구가 된 천 인형을 품에 꼭 안고 잠들었다.

11월 2일 날씨: 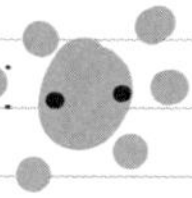

인형

아무것도 없는 인형 얼굴에 속눈
썹과 코를 그렸습니다. 둥근입, 발간
볼을 그렸더니 웃는 나만의
친구가 되었습니다.

가을을 즐기러 떠난 새에게

서원: 엄마, 뭐 했어? 또 서서 기다렸어?

엄마: 서서 기다리다가 다리 아파서 좀 걸었어.

서원: 그랬구나.

엄마: 서원아, 엄마 둥지 봤다?

서원: 정말? 어디서?

엄마: 그런데 새는 있는지 없는지 몰라.

서원: 가보자. 거기!

엄마: 여기야.

서원: 새 가족이 가을이라서 놀러 갔나 봐. 둥지가 비었네.

엄마: 우리도 가자. 얼른!

서원: 간식이 많은 우리의 둥지로! 엄마, 나 배고파.

아이가 오길 기다리며 아파트 단지 구석구석을 찬찬히 걸었다. 황량하게 비어 가는 나뭇가지, 차가워진 공기가 이미 가을을 밀어내고 있었다. 나무 위에 둥지가 하나 보였다. 밑동이 아주 튼튼하게 만들어진 것을 보니 아빠 새가 아주 바빴나 보다. 새 가족의 온기가 내 손에 전해져 오는 것 같았다. 둥지를 보더니 서원이는 팔을 펄럭이면서 호로록 소리를 냈다. 아이는 둥지 하나로 이런저런 이야기를 꾸며냈다. 새가 등장했고 가을을 실컷 즐기고 왔으면 좋겠다는 마음을 담았다. 무심코 지나치기 쉬운 주변의 어떤 것도 아이와 나눌 이야기의 소재가 될 수 있었다.

11월 3일 날씨:

호로록

둥지에서 쉬던 새가 먹이를
찾으러 호로록호로록 날아갑
니다.가을을 실컷 즐기고 왔
으면 좋겠습니다.

그 많던 김치는 어디로 갔을까

서원: 와, 할머니다!
엄마: 어머니, 무거운데 이걸 다 들고 오셨어요?
서원: 이게 뭐예요?
엄마: 어머니, 김치 냉장고를 미처 다 못 비웠어요.
서원: 할머니, 베란다 쪽으로 가지 마세요. 엄마가 뭘 엄청 늘어놨어요.
엄마: 하하, 어머니. 제가 정리를 좀 하느라고요.
서원: 총각김치 진짜 맛있겠다, 할머니 김치는 정말 맛있어요.
엄마: 어머니 감사합니다. 잘 먹을게요.
서원: 할머니, 왜 이렇게 빨리 가요?
엄마: 네, 안녕히 가세요.

시어머니가 김치를 잔뜩 들고 오셨다. 냉장고에 김치 들어갈 자리가 없었다. 오신다는 연락을 받자마자 대충 정리를 했다. 어머니가 가신 후 총각김치를 꺼내 서원이와 한 쪽씩 먹었다. 달달한 무와 어머니표 수제 양념이 맛있게 버무려져 정말 맛있었다. 고슬고슬한 밥을 한 공기 뜨고, 본격적으로 먹기 시작했다. 나보다 서원이가 빛의 속도로 총각김치를 먹었다. 쓰기를 하겠다고 노트를 가져오면서 입으로는 아삭아삭 김치를 먹었다. 김치통 가득 담겨 있던 김치가 확 줄었다. 서원이는 신기한 미스터리를 쓰겠다고 했다. 자기가 먹어치운 김치를 보며 미스터리하다고 느꼈나 보다.

11월4일 날씨:

아삭아삭

아삭아삭한 무를 생각없이 먹다가 깜짝 놀랐습니다. 통이 거의 비어 있었습니다.

그래도 둘이라서

엄마: 싸우지 말고, 언니랑 동생 사이를 서로 바꿔 봐.

서원: 내가 언니야?

서빈: 내가 동생이고?

엄마: 각자 입장이 되어서 생각해 봐.

서원: 난 싫어!

서빈: 난 좋아!

엄마: 서원인 왜 싫어?

서원: 툭하면 혼 나는 거 싫어.

서빈: 난 언니가 다 해주니까 동생 좋아.

엄마: 아, 머리 아파! 제발 싸우지 좀 마.

서원: 언니가 먼저 그랬어. 치, 똥강아지!

엄마: 그만!

전쟁터가 따로 없었다. 자매가 같이 잔 게 화근이었다. 둘을 나란히 세워 놓고, 서로 싸운 이유를 묻고 긴 대화를 나누었다. 이야기가 끝나고, 서원이는 몰래 방으로 들어가더니 언니 이야기를 썼다. 쓰면서 기분이 풀렸는지 언니 옆구리를 콕콕 건드렸고, 결국엔 둘 다 웃음보가 터졌다.

11월 5일 날씨: 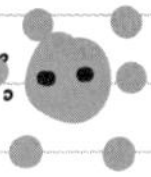

언니

언니 같은 친구가 없습니다. 어느 날은 언니가 너무 얄미운 똥강아지 같습니다. 하지만 세상에 하나뿐인 언니입니다.

또 다른 계절을 위해

서원: 엄마, 그렇게 걸어서 언제 정상까지 가?
엄마: 엄마는 엄마 속도로 갈 거니까 존중해 줘.
서원: 조금 느리긴 하지만 알았어. 그런데 엄마.
엄마: 왜? 걷는 게 너무 힘들다. 엄마는.
서원: 산이 울긋불긋 가을 옷을 입었어.
엄마: 동네에서 보는 거랑은 너무 다른 느낌이지?
서원: 이런 게 진짜 자연 같아.
엄마: 어떤데?
서원: 산이 해를 보고 웃고 있는 것 같아.
엄마: 옷 자랑 하는 거야? 하하하. 산 중에서 가을 산이 제일 예쁜 것 같아.
서원: 자랑할 만해.

산 정상에서 탁 트인 바람을 맞고 싶었다. 단풍으로 울긋불긋한 물결이 산을 수놓고 있었다. 가을산은 우리에게 기대 이상의 힐링을 안겨주었고, 또 다른 이야기를 만들어 주었다. 서원이는 해를 보고 웃고 있는 산 이야기를 썼다. 세상을 넓게 보려는 눈은 아름다운 것이라며 서원이를 꼭 안아주었다.

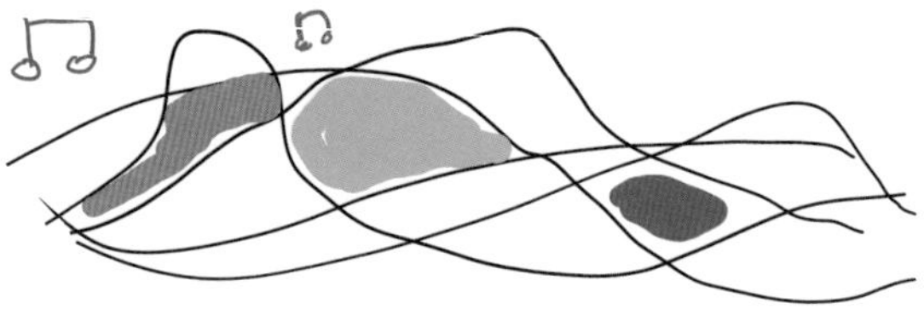

11월6일 날씨: 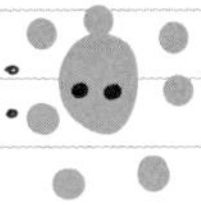

울긋불긋

초록초록한 산이 가을
색으로 물들었습니다.
울긋불긋 옷을 입고 해
를 보고 웃고 있습니다.

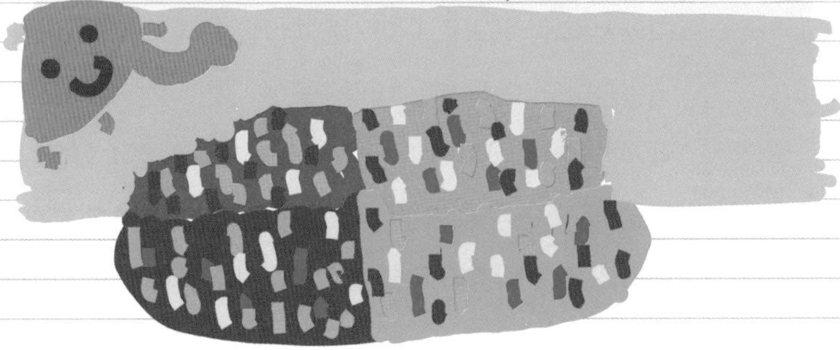

글쓰기
작 전
4 단 계

사고의 확장을 이끄는 대화를 나눠요

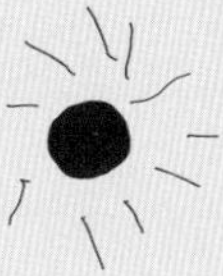

아이와 대화를 하다 보면 엄마 눈에는 쓰기의 방향이 잡힐 때가 많습니다. 그럼 아이는 어떨까요? 아이도 어떤 내용을 써 보고 싶은지 마음의 방향이 섭니다. 이때 두 방향이 같을 수도 있지만, 다를 수도 있습니다. 바다포도 이야기를 이어서 해볼까요? 엄마는 며칠째 아이가 바다포도를 손꼽아 기다리던 마음, 막상 뚜껑을 열고 먹어 보니 전혀 다른 맛이었던 일을 글로 쓰면 어떨까 생각했습니다. 그래서 그런 쪽으로 이야기를 엮어갔는데, 아이의 마음은 달랐습니다. 아직 남은 바다포도에 대한 걱정, 바다포도한테 처음부터 끝까지 미안한 마음을 쓰고 싶어 했습니다. 이럴 때가 종종 찾아옵니다. 엄마가 쓰고 싶은 방향과 아이가 쓰려는 방향이 다를 때 아이의 마음과 생각을 존중해 주세요.

- 표현을 풍부하게 만드는 말을 고민할 것
- 아이가 하는 생각과 부모의 생각을 조율할 것
- 부모는 선생님처럼 굴지 않을 것
- 아이의 생각을 존중할 것
- 아이가 창작 방향을 스스로 정하도록 할 것

5 이런 것도 써도 돼?

노릇한 자태 엄마표 동그랑땡

서원: 동그랑땡을 했네?

엄마: 서원이 먹으라고 했지.

서원: 기름지다고 살찐다고 안 해주고, 냄새 밴다고 싫어하잖아.

엄마: 엄마가 그랬었니?

서원: 그럼. 그런데 엄마, 정말 맛있다!

엄마: 발가락은 왜 이렇게 움직여?

서원: 너무 맛있어서 그래!

짧은 시간에 많은 재료를 없애기에 좋은 메뉴로 동그랑땡을 정했다. 호박, 양파, 두부, 다진 고기, 당근, 시금치, 가지 등 있는 재료를 모두 섞어 다져 넣고 하루 종일 부쳤다. 서원이는 맛있다며 환호성을 질렀다. 꼼질꼼질 발가락도 춤추고 있었다. 서원이는 동그랑땡을 행복하게 먹고, 100일 쓰기를 했다. 기름 냄새가 주방에 가득했다. 창문을 여니 시원한 바람이 들어와 고소한 냄새를 함께 먹었다.

11월7일 날씨 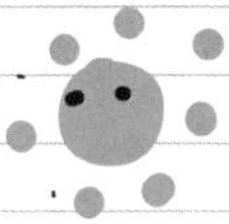

발가락

엄마가 만들어준 동그
랑땡은 부드럽고 고소
합니다. 맛있다고 발가락
도 꼼지락 거립니다.

트림이라는 말은 재미없어

서원: 역시 목욕은 뜨거운 물로 해야 해.

엄마: 등이 뜨겁지 않아?

서원: 뜨거워서 좋은 거지.

엄마: 그렇긴 해. 찜질방 진짜 가고 싶다.

서원: 못 간 지 너무 오래 됐어.

엄마: 아이, 개운해.

서원: 정말, 기분 최고다.

엄마: 자주 씻기, 양치질은 하루에 세 번 하고!

서원: 꺼억!

엄마: 어머나! 너 엄마가 중요한 얘기하는데!

서원: 하하하, 메롱!

쏴아! 씻고 개운해지니 마음이 한결 가벼웠다. 서원이와 쓰기를 하면서 꽁냥꽁냥 단어에 대한 이야기를 나누었다. 내가 한 잔소리를 자기가 트림 소리로 먹어 버렸다면서 낄낄 웃었다. 트림이라는 말보다 자기가 만들어낸 재밌는 표현이 사전에 실렸으면 좋겠단다. 서원이의 단어 사전, 언젠가 해볼 날을 꿈꾸기로 했다.

11월 8일 날씨:

갑자기

말을 하는데 갑자기 무
지개 트림이 나왔습니다.
말을 잡아먹는 괴물 같
습니다.

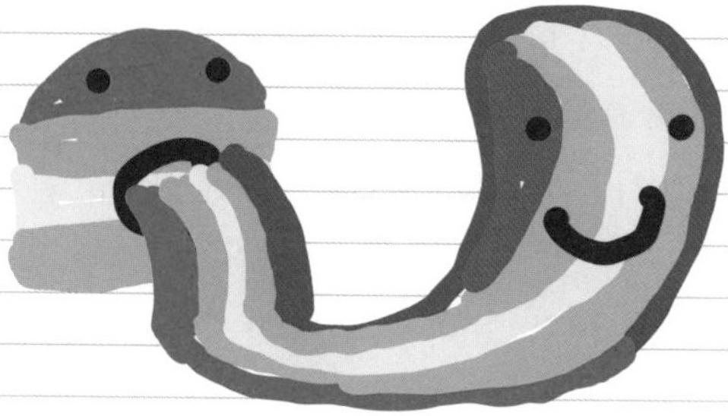

우리는 하나

서원: 신기해, 엄마. 내 100일 쓰기를 보는 사람들이 있다는 거지?

엄마: 그럼, 좋다고 눌러주는 사람들도 많아.

서원: 이러다 나 진짜 유명해지면 슈돌(슈퍼맨이 돌아왔다) 나와?

엄마: 그건 안 돼. 엄마와 아빠가 연예인이 아니니까.

서원: 그래? 그래도 괜찮아.

엄마: 서원이가 유명해지면 되지. 아직 너는 충분히 가능성이 있잖아.

서원: 오늘은 이걸로 쓰자, 엄마.

엄마: 인스타그램 팔로우?

서원: 팔로우는 조금 더 늘면 쓰고. 난 여기에 유명한 사람 있는 게 너무 신기해.

엄마: 그런 세상에 우리 서원이도 있고.

서원이가 차곡차곡 쓴 내용을 인스타그램에 올렸다. 오늘따라 서원이는 인스타그램에 호기심을 많이 보였다. 이제 보니 유명한 사람이 다 모여 있다고 깜짝 놀랐다. 팔로우는 그 사람의 소식이 궁금한 경우에 신청할 수 있는 거라고 했더니, 그럼 자기의 100일 쓰기도 궁금해하는 사람들이 생긴 거냐면서 너무 신기하고 재밌다고 했다. 아이의 눈이 반짝거렸다. 자기도 유명한 꼬마작가가 되고 싶다며 웃었다.

11월9일 날씨: 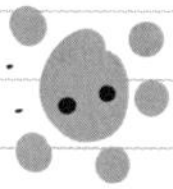

인스타그램

인스타그램은 신기 합니다. 대통령도 계시고 연예인도 있습니다. 모두가 친구가 될수 있는 세상입니다.

가을이 가려나 봐요

서원: 밥 줘!

엄마: 일어나면 밥부터 생각나?

서원: 그럼 배고프니까.

엄마: 엄마한테 아침 인사부터 해야지.

서원: 그게 아침 인사야.

엄마: 세상 사람들한테 물어봐. 누가 아침 인사를 그렇게 하나!

서원: 비 왔네?

엄마: 많이 내렸어. 땅에 잎 쌓인 거 좀 봐.

서원: 진짜 쌓였네. 비가 오래 왔나 봐. 엄마.

엄마: 그러게 우리가 자는 동안 내렸나 봐.

서원: 아, 밥 달라고요!

한 잎, 두 잎 떨어지는 나뭇잎을 보며 가을이 우리 곁을 떠날 채비를 하고 있구나 싶었다. 나는 아직 찬바람을 맞을 준비가 되지 않았는데. 오늘 같은 날은 집에 꽃 한 송이 없는 게 아쉬웠다. 얼마나 호된 겨울이 우리를 찾아오려나. 생각에 잠겨 있는데 서원이의 밥 달라는 한 마디에 마음이 바빠졌다. 급한 밥부터 해결한 후, 비 구경을 나갔다. 서원이는 땅을 촉촉하게 덮고 있는 노란 은행잎들을 한참 바라보고, 부슬부슬 내리는 가을비를 멍하니 바라보더니 이불이라고 툭 한 마디를 내뱉었다. 집으로 와서 서원이는 이불이 되어준 은행잎의 마음을 썼다.

11월 10일 날씨:

이불

하루종일 가을비가 내렸습니다. 은행잎이 하나둘씩 떨어지더니 땅에게 이불이 되어 주었습니다.

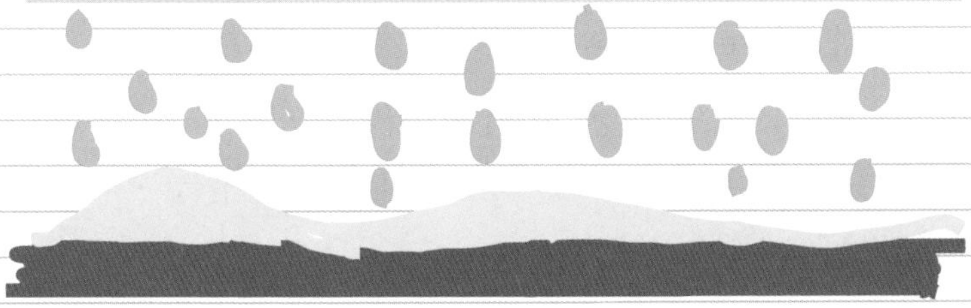

일을 안 할 수도 없고, 할 수도 없다

엄마: 서원아, 엄마 다 끝났어.
서원: 엄마, 생각보다 빨리 끝났네.
엄마: 그래, 혼자 잘 있었지?
서원: 응, 엄마!
엄마: 언니도 곧 올 거야. 엄마는 지금부터 20분 걸리고.
서원: 응, 엄마.
엄마: 서원아, 기분이 안 좋아? 엄마가 금방 갈게. 좀만 기다려 줘.
서원: 응.

중학교 에세이 수업을 줌으로 하고 있었다. 단계가 조정되면서 오프라인 수업을 병행하게 되었다. 큰 아이는 학교에 가고, 할 수 없이 서원이만 두고 나가야 했다. 불안했다. 수업이 끝나자마자 서원이에게 전화를 했다. 집에 가는 택시 안에서 끝에 흐릿했던 서원이의 음성이 귓가에서 맴돌았다. 부랴부랴 문을 열었을 때, 서원이는 혼자서 쓰기를 하고 있었다. 혼자 버텼을 세 시간이 서원이에게 어땠을지 오롯이 느껴졌다. 짧은 글이지만 진심을 담아 나한테 보여주고 싶었나 보다.

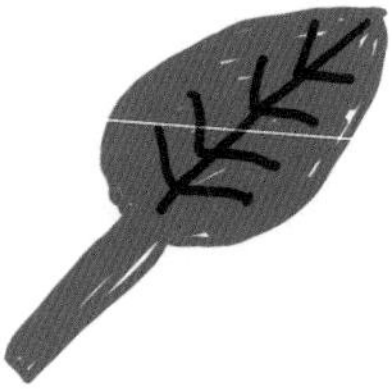

11월11일 날씨: 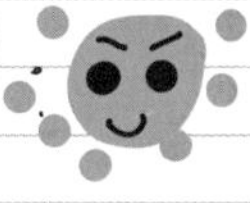

혼자

혼자 집에 있다가
엄마한테 전화오면 뭉
클하고 마음이 올라옵니
다.

쓰기는 좋은데, 왜 매일 써야 해

서원: 엄마, 쓰는 건 괜찮아.

엄마: 그래? 엄마도 서원이랑 100일 쓰기 즐겁고 재밌어.

서원: 근데, 왜 매일 써야 해?

엄마: 음, 그건, 그냥 우리가 시작할 때 그렇게 정했잖아.

서원: 그랬어도!

엄마: 서원이 오늘 좀 피곤하구나.

서원: 숙제도 아직 많이 남았는데, 쓰기도 해야 하고.

엄마: 서원아, 억지로 하지는 말자. 그냥 아까 들었던 수도송을 옮겨 보는 거 어때?

서원: 그럴까? 엄청 쉽겠다.

엄마: 힘들면 그것도 안 해도 되고. 괜찮은 방법 같은데? 수도 이름도 쏙쏙 외우고.

서원: 그 정도는 하지 뭐!

오늘따라 할 게 너무 많다고, 색칠은 지겹다고, 언제 다 하냐고 투덜댔다. 이런 상황에서 100일 쓰기는 내 욕심이었다. 어느 선배 맘이 해주었던 말이 생각났다. 아이는 한결같지 않아서 힘들다고. 때와 상황에 맞게 아이를 설득하거나, 다독여야 한다고. 그래, 이런 날도 올 줄 알았지. 그래야 아이인 법이지. 마음의 준비를 단단히 하는데, 서원이는 의외로 한 번 빵 터트리고 나더니 금방 털고 쓰기를 했다. 수도송을 그대로 옮겨 적는 것은 아닌 것 같다고 했다. 100일 쓰기는 이래서 또 이어졌다.

11월12일 날씨 

가장

세계 수도송을 불렀습니다.수도 이름도 재미있지만,음바 음빠라밤빠가 가장 재미있어요.

아빠 생일이 특별한 이유

서원: 선물 뭐 하지? 엄마?
엄마: 안 해도 돼.
서원: 그래도 해야지. 엄마 생일이라고 생각해 봐. 받고 싶을걸?
엄마: 그래도 안 해도 돼.
서원: 100일 쓰기에 써서 보여주고 싶어.
엄마: 엄청 좋아하겠다. 아빠도.
서원: 나한테 아빠는 어떤 존재인지 쓸 거야.
엄마: 말만 들어도 거창하다. 생일이니까 좋은 것만 써 드려.
서원: 그런 게 어딨어! 있는 그대로 다 쓸 거야!

남편의 생일날. 100일 쓰기는 이미 내용이 정해져 있었다. 서원이는 아빠를 끔찍이 사랑했고 선물로 아빠에 대해서 다 쓰고 싶어 했다. 슈퍼맨, 방귀 친구, 밥 청소기, 통통 곰, 멋진 아저씨, 뽀뽀 괴물이라고 모두 적었다. 뽀뽀하려고 다가올 때 아빠 얼굴이 너무 커서 괴물 같다며 시늉을 냈다. 너무 웃겨서 혼자 보기 아까울 정도였다. 천사를 적은 이유를 물었더니 아빠가 착해서란다. 아이들 마음속에 엄마와 아빠가 언제나 멋있고 좋은 사람으로 남으면 좋겠다는 생각을 하며 서원이의 행복한 눈을 바라보았다.

11월13일 날씨:

아빠

아빠는 나에게 슈퍼맨, 천사, 방귀 친구, 밥 청소기, 통통 곰, 멋진 아저씨, 뽀뽀 괴물입니다.

현관 앞 깜짝 선물

서원: 이거 진짜 맛있다. 엄마.
엄마: 너무 빨리 먹지 마. 아까워.
서원: 누가 놓고 갔어?
엄마: 모르겠어.
서원: 나 진짜 배고팠는데.
엄마: 예전엔 월남쌈도 해 먹고 우르르 모이고 그랬는데.
서원: 월남쌈도 먹고 싶다.
엄마: 그립다.
서원: 진짜, 맛있네.
엄마: 어? 이거 다 어디 갔어?
서원: 내 배 속에! 둥둥!

아는 동생들에게 레몬청을 선물하거나, 직접 담근 깍두기를 나누는 일은 나의 작은 행복 중 하나였다. 누군가 현관 앞에 깜짝 메밀전을 놓고 갔다. 짐작이 되는 동생에게 인사를 나누는 동안, 서원이는 벌써 정신없이 먹고 있었다. 깜짝 선물로 도착한 메밀전 이야기를 써보자고 했다. 나는 함께 사는 사회에 대한 이야기를 실컷 했다. 서원이가 다 쓰기를 기다리면서 어떤 굵직한 문장이 나올지 기대했다. 하지만 서원이는 오로지 메밀전에 대한 이야기만 잔뜩 썼다. 하지만 괜찮았다. 배를 통통거리며 기분 좋게 끝냈으니 그걸로 충분했다.

11월14일 날씨:

노릇노릇
노릇노릇한 메밀전을 보니
군침이 주르륵 나왔습니다.
몇 번 먹지도 않았는데 벌써
없어졌습니다.

나도 처녀 때는

서원: 누굴 닮았다고 엄마?

엄마: 지금 나오는 여자 연예인! 김희애 씨!

서원: 누가 그랬어?

엄마: 누가 그런 게 뭐 중요해? 그런 말을 들은 게 중요하지!

서원: 엄마, 아니야. 엄마랑은 옆 느낌만 아주 조금 비슷해.

엄마: 에이, 자세히 좀 봐. 비슷하지 않아?

서원: 엄마랑 가장 크게 다른 점은 엄마가 훨씬 뚱뚱하다는 거야.

엄마: 맞는 말이네.

서원: 차라리 뚱희애라고 해줄게.

엄마: 하하하하! 오늘부터 운동할 거야!

서원이는 무조건 나를 추켜세우지도 않고, 우상 같은 엄마라서 환상에 젖어 있지도 않았다. 그래서 더욱 담백하고 마음에서 우러나오는 수다를 나누는 맛이 있었다. 그 이야기들이 고스란히 쓰기로 이어지는 경험 또한 특별했다. 100일 쓰기를 하면서 나는 교과서에 자주 등장하는 단어와 문장을 여러 번 찾고 읽어보았다. 그러면서 아이한테 처음에는 단어를 주고, 쓰기로 연결시키려고 했다. 하지만 그것은 또 다른 학교 숙제와 다를 게 없는 것 같았다. 자유로운 쓰기로, 즐거운 쓰기로 연결해 보고 싶었다. 웃으며 쓰기를 하고 있는 아이를 보며 나의 방식이 아이와 맞고, 꾸준히 해볼 만한 도전이라는 생각이 들었다.

11월 15일 날씨: 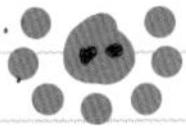

뚱뚱하다

우리 엄마는 김희애를 닮았습니다. 그런데 아무리 봐도 엄마가 더 뚱뚱합니다. 그래서 나는 뚱희애라고 부릅니다.

너의 내일이 더 기대되는 날

서원: 이게 뭐게? 엄마?
엄마: 글쎄, 뭘까?
서원: 내가 먹고 싶은 간식이야.
엄마: 음, 와플 같은데.
서원: 맞아! 이거 와플 무늬 같지?
엄마: 비슷하게 잘 그렸네. 손가락으로.
서원: 그러니까 간식으로 와플 해 줘!
엄마: 뭐야! 얘기가 왜 또 먹는 걸로 튀니?
서원: 하하하, 잘 그렸으니까!
엄마: 그럼, 쓰기 하고 같이 만들까, 와플?

서원이는 곧 와플을 먹을 거라는 기대감으로 100일 쓰기를 후딱 가져와 쓱쓱 써 내려가기 시작했다. 아이의 마음이 쏙 담겨 있는 이야기가 노트에 한 겹 한 겹 쌓이는 것을 지켜보면서 한 가지 생각한 것이 있었다. 서원이의 말과 표현을 최대한 존중해 주는 것. 내가 조금 더 멋있고 그럴 듯한 표현으로 만들어주고 싶은 욕심이 생길 때도 있지만, 그렇게 되면 서원이의 문장과 생각이 엄마의 문장과 생각으로 바뀌어 버릴 테니까. 나는 서원이 것 그대로를 살릴 수 있도록 서원이가 집중하고 쓰는 것을 옆에서 바라보았다.

11월16일 날씨:

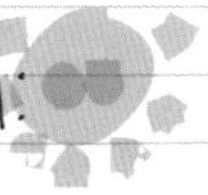

방석

털방석에 손가락으로
지그재그 그림을 그렸
습니다. 방석은 와플이 되
었습니다.

글쓰기 작전 5단계

아이의 말에서 반짝이는 단어나 문장을 찾아요

아이와 대화가 없는 집은 없을 거예요. 하지만 바쁜 일상을 보내다 보면 아이의 마음을 정확히 들어주지 못할 때가 많아요. 하루 중 한 번은 온전히 아이의 마음과 모습에 집중하는 순간을 만들어 보세요. 그런 순간에 나누는 대화는 살아 있는 대화가 되고, 아이가 품은 보석 같은 말을 쏟아내는 시간입니다. 그 보석을 놓치지 않아야 합니다. 그 보석은 한 편의 글이 될 수 있고, 멋진 그림이 될 수 있고, 또 다른 어떤 훌륭한 것이 될 수 있습니다. 잠재성이 담긴 무수한 말과 표현을 엄마와 아빠가 섬세하게 듣고 반응해 준다면 아이는 더욱 표현을 즐기는 아이가 될 것입니다.

- 형식적인 대화는 피할 것
- 마음을 나누는 대화를 할 것
- 참신하고, 유려한 문장을 포착할 것
- 음성녹음으로 아이의 반짝이는 표현을 담아놓을 것
- 녹음이 안 될 경우, 아이의 표현을 기록해 둘 것

6 내 맘대로 써도 돼?

그림책, 그 무한한 상상 속으로

서원: 소가 뿔이 세 개래. 빨리 읽고 싶어.

엄마: 엄만, 이 멋진 표지를 보는 순간 안 살 수가 없었어.

서원: 그랬구나. 같이 읽어 엄마.

엄마: 그래.

서원: 그림을 어떻게 이렇게 많이 그렸지?

엄마: 그림 그려주신 분이 엄청 열심히 그린 것 같다. 그렇지?

서원: 음메. 음메. 엄마, 나 소 같아?

엄마: 그 다음에 어떻게 됐나 빨리 넘겨 봐.

서원: 나 100일 쓰기에 그림책 써보고 싶어.

엄마: 왜? 소에 대해 쓸 줄 알았더니?

서원: 아냐, 그림책 쓸래. 신기하고, 읽을수록 마음이 막 피어올라.

나는 아이들에게 신간 그림책을 많이 사주었다. 책을 보며 서원이는 눈을 반짝거렸다. 내용을 한참 읽더니 오늘은, 그림에도 오래오래 집중을 하면서 보았다. 책 내용에 나오는 벌레를 직접 검색해 보고 싶어 해서 같이 찾아보았다. 서원이는 그림책 한 권으로 느끼고 빠져들 수 있는 세상이 신기하다고 했다. 나는 그림책에 매력을 느끼는 서원이의 마음을 뒷받침해 줄 다양한 말들을 조곤조곤 덧붙여 주었다. 하지만 너무 많은 이야기는 또 책을 읽은 그대로의 감상을 방해할까 봐 아끼고 참았다.

11월17일 날씨 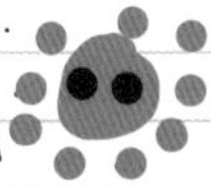

그림책

그림책의 그림을 따라 그렸습니다. 신기한 장면들이 쏙쏙 들어있습니다.

겨울 바람도 멈추게 하는 소리

서원: 으, 역시 집은 따뜻해. 그리고 참 조용해. 엄마.
엄마: 아까 공연은 어땠어? 너무 궁금해서 그래.
서원: 정말 처음 듣는 소리였는데.
엄마: 시끄럽지는 않았어?
서원: 대금 있잖아.
엄마: 대금 소리가 기억에 남아?
서원: 겨울 바람도 들으면 멈출 것 같았어.
엄마: 그래? 깜짝 놀라서?
서원: 소리가 내 뒷목을 콕 찔렀거든.
엄마: 책 내용을 국악으로 함께 감상해서 재밌었어. 엄마가 책도 사 줄게.

선생님의 연락을 받고 서원이와 나는 예정에 없던 외출을 하게 되었다. 맹추위를 뚫고 〈제주 소녀, 동백꽃〉이라는 국악무대 공연장을 찾아갔다. 다 보고, 따뜻한 집에 오자마자 서원이의 생각이 궁금해서 물었다. 내 말이 길어지자, 서원이는 얼른 쓰기를 가져왔고, 빨간 동백꽃을 그리더니 소리를 넣어서 써보고 싶다고 말하였다. 처음 접한 국악이 고스란히 아이의 말로, 생각으로 태어나는 순간이었다. 우리나라 소리 공연을 들으면서 겨울도 잔잔해졌다며 신기한 공연이었다고 했다. 이 모든 것을 표현해보고 싶은 서원이는 오늘따라 더욱 정성을 쏟았다.

11월 18일 날씨:

소리

우리 나라 음악 공연을 보고 왔습니다.
차가운 겨울 바람도 잔잔하게 만
들어주다가 대금 소리는 뒷목을
콕 찌르는 것 같았습니다.

묘하게 끌리는 뽑기 기계

서원: 에이.

엄마: 왜?

서원: 또 이거야.

엄마: 스프링이네?

서원: 색깔만 달라. 집에 있는 거랑.

엄마: 그건 고장 나지 않았어?

서원: 고장은 안 났는데, 안 가지고 놀지.

엄마: 어쩜 똑같은걸.

서원: 또 할까?

엄마: 또 할래?

서원: 엄마, 돈도 없잖아. 오백 원!

엄마: 현금은 늘 없지.

서원: 집에 가자.

서원이는 오랜만에 동네 이모가 준 귀한 오백 원으로 뽑기를 하고, 결국 찜찜한 표정으로 느릿느릿 걸어 나를 따라왔다. 아이 표정이 마음에 걸려서 한 가지 제안을 했다. 집에 있는 택배 상자를 자르고 붙여서 뽑기 기계를 만들자고. 갖고 싶은 물건만 넣고 뽑으면 실망할 일도 없을 테니까. 서원이는 의외로 시큰둥했다. 손에 스프링을 꼭 쥐고 한참을 쳐다보더니 쓰기 노트를 들고 나타났다. 아무래도 여기 써야 할 것 같다며 뽑기에 대한 자기 생각을 쓰겠다고 했다. 진지한 서원이를 차분히 바라보았다. 오늘 느낀 게 많아서였을까. 글에 힘이 있었다. 정돈된 아이의 생각도 함께였다.

11월 9일 날씨:

뽑기

하기 전에는 궁금하고 하고 나서는 괜히 한 것 같습니다. 뽑기로 나온 스프링은 예쁘지만 기쁘진 않습니다.

걱정은 엄마 몫이야

엄마: 서원이한테 엄마는 어떤 사람이야?
서원: 맛있는 거 해 주고 웃어주고. 토닥토닥 해 주고
엄마: 이름 안 부를 땐 서원이 기분 나빴어?
서원: 대신 별명을 지어서 재밌게 불러주잖아.
엄마: 그랬지, 별명으로 불러줄 때가 더 좋아?
서원: 응. 재밌고, 기분이 더 좋아.
엄마: 그렇구나. 서원인 엄마를 보며 무슨 걱정을 해?
서원: 엄마 어깨 아픈 거랑. 소파에서 잠들 때.
엄마: 소파에서 잠들 때? 그건 졸음이 쏟아져서.
서원: 치, 아픈 사람처럼 잤어. 엄마.

우연히 엄마의 말에 대한 강의를 듣고, 나는 어떤 엄마인지 궁금해졌다. 서원이와 대화를 나누고 사실 조금 당혹스러웠다. 좋은 이야기만 주고받을 줄 알았는데 아니었다. 정작 서원이는 걱정이라는 단어를 쓰고, 엄마를 걱정하는 마음을 한 보따리 풀어 썼다. 아이와 글쓰기를 하는 일은 아이의 저 깊은 마음을 알아가는 일이었다.

11월20일 날씨: 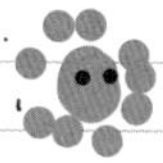

걱정

엄마가 일하고 소파에 털썩 앉을 때 걱정되기도 합니다. 엄마가 눈을 감으면 아픈 환자처럼 마음이 아찔합니다.

파다닥, 자연의 소리

엄마: 서원아, 안 가고 뭐 해?

서원: 아, 잠깐만!

엄마: 늦어. 빨리 가자고!

서원: 엄마, 그 소리 들었어?

엄마: 무슨 소리?

서원: 새가 날아가는 소린데. 아주 가볍게 들리는.

엄마: 글쎄, 잘 못 들었는데. 어떤 소리였을까?

서원: 에이, 엄마. 나 이따 올 때까지 소리 잘 기억해 놔줘.

엄마: 엄마 잘 까먹는데? 꼭 기억해야 해?

서원: 당연하지, 100일 쓰기 할 건데!

어디서 날갯짓 소리가 났나 보다. 서원이는 멈칫 하더니 날아가는 새를 한참 보았다. 이런 날씨에 새가 다 있나 싶었다. 그런데 또 한 번, 소리가 났다. 서원이는 신기하다는 듯, 새 두 마리가 날아간 하늘을 오래오래 쳐다보았다. 50일이 넘도록 꾸준히 써 온 100일 쓰기는 이제 일상이 되어 가고 있었고, 아이는 시시때때로 오감의 모든 것을 소중히 다루고 있었다. 서원이를 보내고 새소리에 대한 모든 음성어를 찾아보며 가장 비슷했던 소리 말을 찾아냈다. 작은 자연의 소리에 서원이의 생각이 꼬리를 무는 날이었다.

11월 21일 날씨:

파다닥

새가 파다닥 소리를 내면서 날아갈 때 내 마음이 편해집니다. 자연의 소리 같아서 입니다.

만 원의 행복

엄마: 내일은 뭐 먹지? 늘 고민이야.

서원: 그럼 또 간장 게장 먹어.

엄마: 다 먹었잖아. 누가!

서원: 하하, 내 배 속에 엄청 많아. 근데, 간장 게장은 신기해.

엄마: 뭐가?

서원: 그냥 맛이.

엄마: 어떤데?

서원: 딱 첫 맛은 조금 짰거든? 먹다 보니까 다른 맛이 있었어.

엄마: 다른 맛 뭐?

서원: 그건 좀 표현을 고민해야 해.

엄마: 그러니까 더 궁금한데?

서원: 뭔가 톡 쏘는 맛이야.

엄마: 사이다처럼?

서원: 아니. 다른 톡 쏘는 맛.

서원이는 100일 쓰기에 곧잘 먹는 얘기를 쓰고 싶어 했다. 마음 가는 대로 쓰는 게 좋은 것 같았고, 소재가 아이를 찾아왔으니 쓰도록 두었다. 대신 느낀 그대로 표현해 보자고 했다. 나는 살이 꽉 찬 게 씹을수록 행복하고 감칠맛이 더 있다고 표현했다. 서원이는 머리 꼭대기까지 올라와서 톡 쏘고 내려가는 맛이 있다고 했다. 알싸한 맛을 표현하려고 애쓴 것 같았다. 서원이의 표현이 훨씬 구체적이고 살아 있는 맛 표현이었다. 만 원으로 저녁밥도, 100일 쓰기도 해결되어 두 배로 뿌듯한 저녁이었다.

11월22일 날씨:

간장게장

간장게장을 먹었습니다. 그 맛은 신기하게도 머리꼭대기까지 올라와서 톡 쏘고 내려갑니다.

같은 공간에서의 힐링

서원: 저 주인공 아파서 나도 마음이 아파.

엄마: 아직까지 너무 슬프다.

서원: 병이 진짜 나으면 좋겠어, 엄마.

엄마: 그런데 저런 불치병은 나을 수 없을걸? 진짜 기적이 일어나지 않고서야.

서원: 엄마, 이거 제목이 뭐랬지?

엄마: 미라클 프롬 헤븐.

서원: 미라클은 무슨 뜻이야?

엄마: 기적.

서원: 그럼 기적이 일어나겠네.

엄마: 이걸로 쓰면 좋겠다.

서원: 나도 방금 그 생각 했는데.

엄마: 이렇게 하면 어때? 해피엔딩이면 기분 좋게 쓰는 거야.

아이들과 영화를 같이 보는데 할 이야기가 끝도 없이 나왔다. 인상적이었던 장면을 말하고, 안타까웠던 순간을 말하고, 진짜 기적이 일어난 순간엔 서로 손을 잡고 기뻐했다. 쓸 이야기가 많다며 서원이는 고민을 했다. 어쩌면 길게 쓰는 게 더 쉬울 것 같다는 말도 했다. 조금 정리하려고 말을 줄이고, 생각하더니 가장 하고 싶었던 이야기로 몇 줄 만들어 써 내려갔다. 마음에 봄을 찾았다는 서원이의 마지막 문장이 와 닿았다.

11월 23일 날씨: 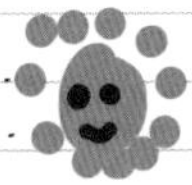

영화

영화를 보는데 주인공이 아파서 너무 안쓰러웠습니다. 하지만 다 나아서 웃을 때 다시 내 마음은 봄이 되었습니다.

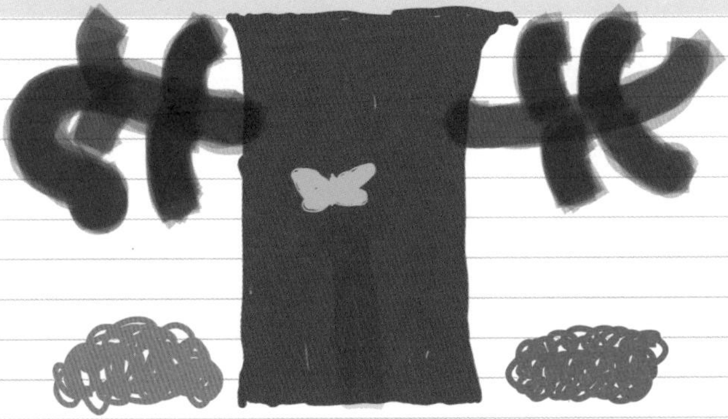

계단은 언제까지 우리를 괴롭힐까

서원: 기운 하나도 없어. 쓰기 못 해.

엄마: 그럼, 이따 하자.

서원: 난 겨울에 계단 오르기가 정말 싫어.

엄마: 그렇게 싫어?

서원: 당연하지. 춥기도 하고, 나가기도 싫고 걷기는 더 싫어.

엄마: 그래도 했잖아.

서원: 지금은 겨울이잖아. 집이 제일 좋은 계절. 이불 밖은 위험한데.

엄마: 차라리 지금 쓰는 게 낫겠다.

서원: 쓸 말이 너무 많아서?

엄마: 바로 그거지!

계단 오르기를 끝내자마자 바로 쓰기를 할 계획은 아니었다. 아이의 말을 들으면서 조금만 끌어주면 좋겠다는 생각이 들었을 뿐. 서원이는 신기하게도 즐겁게 썼다. 할 말이 많을 때, 스스로 경험한 순간에 쓰기. 이 두 가지만큼은 쓰기를 끌어낼 때 가장 중요한 요소였다. 특히 오늘은 하기 싫은 일에 대한 마음을 조곤조곤 풀어내며 근거를 찾아본 쓰기였다.

11월24일 날씨:

얼음

겨울에 계단 오르기는 더욱 힘이 듭니다. 두꺼운 잠바와 답답한 마스크까지 저는 걸을수록 다리가 얼음처럼 굳어집니다.

그림책 쓰는 날

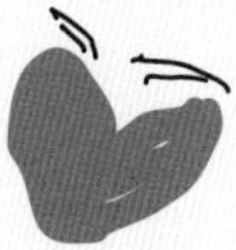

서원: 난 작가가 될 거랬지?

엄마: 서원이의 꿈 중 하나잖아.

서원: 겨울 그림책을 쓰려고.

엄마: 우와, 어떤 내용일까?

서원: 난 바람과 해님 이야기를 쓰고 싶어.

엄마: 그건 이미 있는 이야기 아니야?

서원: 아냐, 전혀 달라.

엄마: 어떤 이야기인데?

서원: 엄마가 내 책을 처음으로 읽어 줄래?

엄마: 엄마야 좋지. 동그란 해님이 반쪽이 되는 거 재밌는 발상이다.

서원: 그렇게 재밌어?

엄마: 너의 상상이 귀엽고 유쾌해. 저절로 웃음이 났어.

집이 너무 조용했다. 조용하면 사고 현장이라는 말이 귀에 번뜩 스쳤다. 나는 불안한 마음으로 서원이 방부터 열었다. 쓰기를 하고 있었다. 서원이 옆에 읽다 만 그림책들이 있었고, 열심히 무엇을 쓰고 있었다. 다가가니 보여주지 않았다. 더욱 호기심이 일었다. 다 완성이 되고 서원이는 그제야 보여주었다. 반쪽이 된 해님 그림도 유쾌했지만 바람이 해님을 건드렸다는 설정도 기발했다. 쓰는 일을 즐기는 아이의 모습이었다. 생각이 떠올라서 자꾸 쓰려고 하는 모습도 신기했다. 글쓰기 시간이 쌓이면서 아이가 변하고 있었다.

11월25일 날씨

차가운

동그란 햇님이 떠 있었습니다.
차가운 겨울 바람이 휙 하고
햇님을 건드리고 갔습니다. 햇
님은 반쪽이 되었습니다.

두 달 딱 채우는 날인데

서원: 오늘은 진짜 쓸 거 없어.
엄마: 그래? 엄마도 딱히 생각나는 게 없긴 하다.
서원: 진짜 쓸 것도 없는데, 우린 인스타그램에도 올려야 하고.
엄마: 인스타그램은 별로 안 중요해. 모아 놓으면 책처럼 예쁘니까 올리는 거지.
서원: 어쩌다 하루 빼 먹으면 안 돼?
엄마: 안 되지. 그건 우리 약속을 어기는 거니까.
차라리 쓸 거 없는 걸로 쓰는 건 어때?
서원: 어? 그거 재밌겠다.
엄마: 뭐야? 갑자기 기분이 확 좋아진 건?
서원: 사실, 하고 나면 마음이 몽글몽글 뿌듯하긴 하거든.
엄마: 그런 걸 마음먹기라고 하긴 해.
서원: 마음을 먹는다고? 무슨 맛일까?

매일 쓰기를 한 지 두 달이 되었다. 서원이가 슬슬 짜증을 부리기 시작했다. 정말 알다가도 모르겠는 아이의 마음. 왜 매일 써야 하냐고 떼를 부리다가 갑자기 기분이 확 바뀌어서 쓰기를 하는 아이. 둘은 같은 아이일까, 다른 아이일까. 잠시 멍하니 있다가 다시 아이를 보았다. 아이는 기분이 풀려서 쓰기를 하고 있었고, 나는 고비를 넘긴 것 같았다. 쓸거리가 없을 때 생각을 뒤집어 보면 쓸 무언가가 떠올랐다.

11월 26일 날씨:

감칠맛

매일 쓰기가 힘든 날도 있
습니다. 하지만 하고나면
감칠맛이 있습니다.

글쓰기 작전 6단계

엄마 목소리로 아이의 표현을 들려 주세요

아이의 반짝이는 말을 찾았다면 잘 기억했다가, 혹은 잘 기록해 두었다가 아이한테 들려 주세요. 이런 말을 했었는데 엄마는 그 말이 참 괜찮더라, 어떻게 이런 표현을 생각했니? 그런 말을 할 때, 너의 표정은 이랬어. 이 말은 참 멋진 표현 같았다고 한 번 더 정리를 해 줍니다. 아이는 자신이 했던 말과 표현을 정확히 기억해 내지 못할 때도 많거든요. 엄마가 아이의 말과 쓰기에 진심인 모습을 보여주고, 함께 나누고 있다는 모습을 보여주며 응원해 주세요. 아이는 엄마의 응원을 등에 업고 힘을 낼 수 있게 되지요. 아이는 더욱 바짝 다가가 엄마의 이야기에 귀를 기울일 거예요. 쓰는 시간은 더욱 무르익게 됩니다.

- 엄마 목소리로 기억해 줄 것
- 아이의 언어를 떠올려줄 것
- 올바른 문장으로 정리해 줄 것
- 기본을 지키되 개성이 드러나는 표현이 되도록 이끌어줄 것

7 쓰기는 이런 거야?

마음을 열고 들으면

서원: 엄마, 국자가 데굴데굴 떨어지니까 음악 같아.
엄마: 설거지하느라 정신 없는데 좀 조용히 해 줄래?
서원: 갑 티슈도 한 장씩 뽑으니까 음악 같다.
엄마: 그렇게 휴지를 다 뽑으면 어떻게 해!
서원: 책장을 넘겨도 소리가 나, 머리를 긁어도 소리가 나고.
엄마: 오늘따라 웬 소리 타령이야?
서원: 소리! 소리! 소리!
엄마: 노래까지? 아, 좀 조용히 살고 싶다.
서원: 엄만 피곤해서 그래.
엄마: 뭐가?
서원: 어떻게 내가 노래하는 게 즐겁지 않고, 힘들어?
엄마: 노래라고 다 즐거워?
서원: 그래도 딸이 부르는 거 아냐!

설거지를 하려는데 쌓여 있는 그릇이 어마어마하다. 손을 대는 순간 아슬아슬하게 얹혀 있던 국자가 떨어져 데굴데굴 굴렀다. 그 바람에 김치 국물이 튀면서 바닥에 자국을 남겼다. 서원이는 모든 게 소리가 나서 음악 같다며 노래까지 불렀다. 나도 모르게 짜증을 냈다. 서원이는 노래를 부르다 말고 제 방으로 휙 들어가버렸다. 설거지를 마치고 토라져서 침대에 누워 있는 서원이에게 갔다. 토끼 인형을 꼭 안고 있었다. 나는 사과를 하고, 주변의 소리를 다 음악으로 듣는 귀는 참 소중한 것이라고 말해 주었다. 서원이는 다행히도 마음이 풀렸는지 나한테 다시 노래를 들려주고, 나와 나누었던 소소한 이야기를 차분차분 썼다.

11 월 27일 날씨:

주변의 마음 소리들은 참 다양
합니다. 마음을 열고 들으
면 모두 음악처럼 들립
니다.

끝도 없는 학원 블랙홀

서원: 엄마, 나 이상해.

엄마: 어디 아파?

서원: 그런 건 아닌데. 좀 피곤해.

엄마: 학원 갔다 와서 그렇구나.

서원: 그러니까 왜 위험한데 학원을 보내는 거야?

엄마: 공부가 뒤처질까 봐. 많이는 안 다니잖아.

서원: 아, 코로나가 싫어. 내 몸을 뒤흔드는 것 같아.

엄마: 마스크를 쓰고 다니니까, 조금만 움직여도 힘들지.

서원: 엄마는 집에만 있었잖아.

엄마: 대신 달콤한 블루베리 스무디 해놨지.

서원: 엄마도 바빴구나.

줄인다고 줄였는데, 아이는 학원 하나만 다녀와도 몹시 피곤해 했다. 계속 마스크를 쓰고 있어야 하니 더 힘들었을 거다. 어른으로서 이런 세상을 만든 것이 미안했다. 투정하는 아이에게 마스크 없이 학교에 다닐 수 있게 어른들이 엄청 많이 노력할 거라고 말해 주었다. 쓰기 노트에 담긴 아이의 답답한 진심이 내 마음을 후벼팠다.

11월 28일 날씨 :

감각

학원을 다니는 것은 같습니다. 그런데도 이상하게 피곤합니다. 코로나 때문에 내 감각이 도망간 것 같습니다.

엄마보다 예뻐질 거야

엄마: 이건 비싼 거야. 그리고 엄마 전용이야.
서원: 신기하게 생겼다.
엄마: 자르면 안이 더욱 재밌어. 궁금하면 보여줄까?
서원: 당연하지. 먹기도 같이 하고.
엄마: 아이 셔. 상큼 그 자체야.
서원: 이게 뭔데?
엄마: 석류라는 거야.
서원: 아! 이게 석류구나. 우리 선생님도 드신다던데.
엄마: 그래? 더 예뻐지시겠네.
서원: 이거 먹으면 예뻐지는 거야?
엄마: 하나 줄까? 엄마 얼굴 반짝이지? 이거 먹어서 그래.
서원: 아이 셔. 퐁퐁 터지니까 재밌다. 나 얼굴 어때?
엄마: 반짝여.

아이를 키우면서 점점 말이 통한다는 걸 느끼는 요즘이다. 이제 곧 여자끼리만 통하는 말도 나눌 수 있을 것 같다. 아이는 거울 앞에 한참 동안 서서 자기 얼굴이 반짝인다며 좋아했다. 그러더니 쓰기 노트에 자기 얼굴에 대해 쓰기 시작했다. 처음 먹어 본 석류의 새콤함이 잘 살아 있고, 글에 자신감이 넘쳤다. 서원이는 석류 알갱이를 터트릴 때마다 꺅꺅 소리를 지르면서도 남은 건 자기가 다 먹겠다고 했다. 쏙쏙 씨만 뱉어내는 아이를 보니 웃음이 났다. 너무 많이 먹으면 안 되는데, 서원이 입을 말릴 수가 없었다.

11월 29일 날씨:

퐁

예뻐진다는 석류를 먹어 보았습니다. 새콤한 물이 퐁 터졌습니다. 거울을 보니 내 얼굴이 더 반짝입니다.

웃음은 일등

서원: 나 오늘 너무 웃겨. 엄마.
엄마: 엄마도 네 아빠 때문에 어이 없어.
서원: 우리 아빠 웃겨서 너무 좋아.
엄마: 사실, 예전엔 더 웃겼어.
서원: 근데, 엄마도 웃겨.
엄마: 엄마야, 예전에 개그맨 소리 많이 들었지.
서원: 사실, 언니도 웃기고. 누구 흉내도 엄청 잘 내고.
엄마: 너도 웃겨. 그냥 눈만 찡긋 해도 웃길 때 있어.
서원: 내가 웃기게 생겼어?
엄마: 아니. 웃는 소리가 웃겨. 그건 진짜 엄마랑 너무 똑같아.

웃음이 많은 것으로 치면 우리 가족은 어디 내놔도 빠지지 않는다. 최대한 화를 안 내려고 노력하며 키워서 그런가, 아이들은 실없이 참 잘 웃었다. 웃음보가 터지면 웃음소리만 들어도 웃겨서 더 웃고. 언젠가는 등장할 줄 알았던 웃음에 대한 이야기가 오늘에서야 등장했다. 서원이는 웃을 때 즐겁고 신나는 마음을 어떻게 표현할까 고민했고, 홍이 오른다고 말하였다. 홍이 나는 마음을 떠올리다가 하늘을 나는 상상을 하였다.

11월30일날씨:

엄마 아빠의 흥 유쾌한 모습
을 보고 나니 내 흥
은 저절로 오릅니
다. 하늘을 날아갑니다.

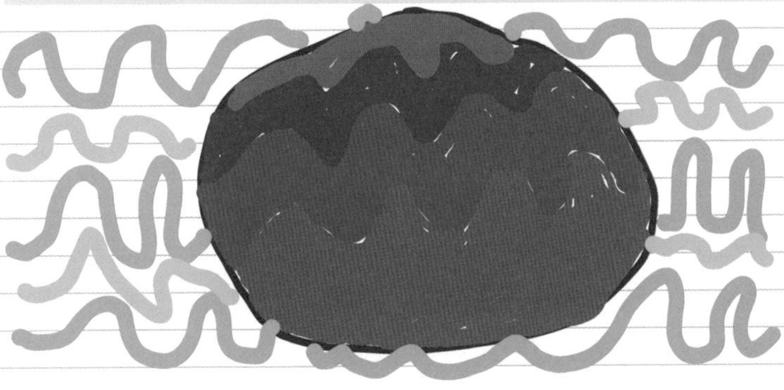

낙지 잡는 손맛은 이런 것

서원: 이 많은 낙지를 누가 다 잡았지?

엄마: 우리가!

서원: 우리 낙지 부자다!

엄마: 잡아 보니까 어때?

서원: 미끌거리고 너무 도망을 잘 가는 것 같아.

엄마: 엄마도, 손등에 달라붙어서 겨우 떼었어.

서원: 얘네, 힘 엄청 세.

엄마: 낙지가 엄청 싱싱해. 크고.

서원: 아, 야들야들 낙지!

엄마: 야들야들! 뭐 해 먹을까?

서원: 근데 잡은 걸 어떻게 먹어!

엄마: 어떻게? 맛있게!

해루질을 하러 갔다. 장화가 달린 옷을 입고 전문가가 추천한 곳으로 살살 걸어 들어갔다. 어둑어둑한 바다에 불빛을 비추니 물 안에서 노닐던 작은 물고기가 선명하게 보였다. 아이들과 나는 기대감에 어깨가 들썩였다. 커다란 돌을 드니 숨어 있던 낙지가 물을 휘저으며 도망쳤다. 잽싸게 손으로 낙지를 들어 올려 통에 넣었다. 손맛이 찰지게 느껴졌다. 통에 가득 찬 낙지를 집으로 가져왔을 때 서원이는 모두 몇 마리인지 세어보았다. 낙지 죽을 만드는 동안 서원이는 냉동실을 꽉 채운 낙지 이야기를 썼다.

12월 1일 날씨: 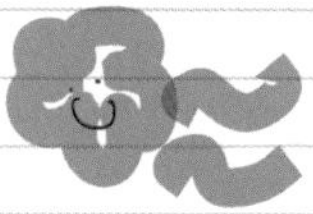

야들야들

바다에서 직접 낙지를 잡았습니다. 야들야들 낙지가 냉동실에 가득합니다. 나는 낙지 부자인 것 같습니다.

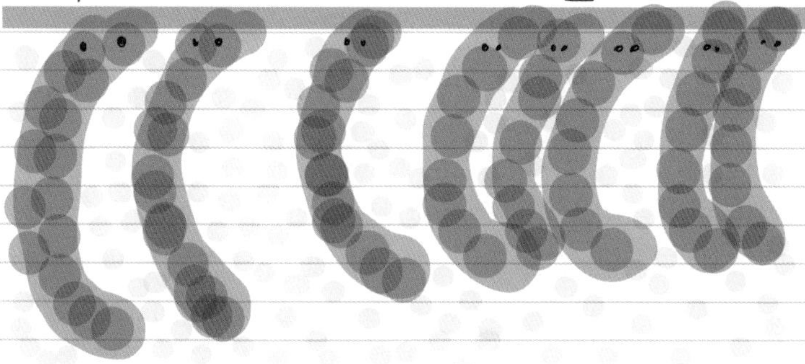

피아노 학원을 다시 다니고 싶다

서원: 엄마는 쉬운 거 쳐.
엄마: 정말? 고마워.
서원: 오른손 치면 되겠다.
엄마: 왼손 반주 어려워 보이는데, 할 수 있겠어?
서원: 그럼.
엄마: 이 곡을 함께 치다니. 너무 감격스럽다.
서원: 엄마, 이 노래를 언제부터 좋아한 거야?
엄마: 초등학교 2학년 크리스마스 때 뮤지컬을 보러 가서 반했던 노래였어.
서원: 와, 그런데 아직까지 좋아해?
엄마: 엄청 좋아해서 노래는 정말 많이 불렀었는데, 치지는 못 했었어.
서원: 에이, 괜찮아. 이젠 나랑 치자. 엄마.

서원이가 반주를 하고, 나는 멜로디를 꾹꾹 눌렀다. 뮤지컬 〈애니〉의 '내일' 을 서원이와 함께 연주하다니! 꿈만 같았다. 서원이는 어떤 마음일까. 나는 100일 쓰기 노트에 담아보자고 했다. 서원이는 엄마가 안 틀리고 잘 쳐서 좋았다고 했다. 나는 같은 곡을 함께 치는 동안 마음이 너무 벅찼고 행복했다고 말했다. 이젠 나랑 치자는 서원이의 한 마디가 자기 전까지 귓가에서 맴돌았다.

12월 2일 날씨 :

아름답다

엄마는 오른손, 나는 왼손 둘이 함께 피아노를 칩니다. 엄마와 내가 박자와 마음을 맞추니 곡이 더 아름답습니다.

겨울은 눈 맛집

서원: 엄마도 만져 봐.

엄마: 눈 알갱이 자세히 보면 엄청 예뻐.

서원: 아, 차가워. 나도 알아. 겨울 왕국 같아.

엄마: 엄마는 손 시린데. 안 춥니?

서원: 장갑이랑 옷이 눈을 다 막아 줘. 엄청 따뜻해.

엄마: 밤에 내리는 눈 오랜만이야.

서원: 보석처럼 반짝거려.

엄마: 아파트랑 나무가 보석 옷을 입겠네.

서원: 보석 옷 입어서 따뜻할 거 같아.

엄마: 여기서 엄마만 추운 거네? 그러니까 들어가자!

서원: 말도 안 돼! 나온 지 얼마나 됐다고!

겨울이 내려준 선물에 아이들은 누구보다도 신이 났다. 밤에 내리는 눈은 불빛을 만나니 보석처럼 반짝였다. 깨끗하게 손을 씻고 거실 창으로 눈 내리는 것을 한참 더 바라보았다. 서원이는 늦었어도 100일 쓰기를 하겠다며 노트를 가지고 왔다. 놀고 와서 에너지가 충전된 모습이었다. 서원이는 활기차게 겨울옷을 입은 동네 이야기를 썼다.

12월 3일 날씨:

눈

하얀 눈이 내려옵니다. 세상이 뽀송뽀송 반짝이 옷을 입었습니다. 나무, 눈사람, 아파트도 따뜻할 것 같습니다.

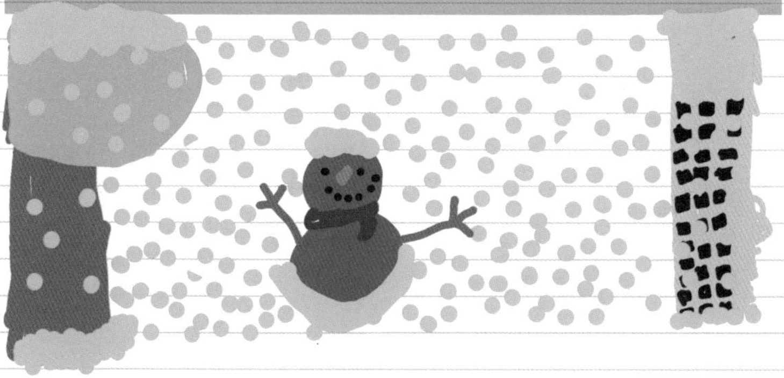

아빠 배는 딸들의 놀이터

서빈: 진짜 이게 다 배야?
아빠: 그럼, 다 내 거야.
서원: 내 배랑 비슷해.
서빈: 무슨 모양이 자꾸 떠올라.
서원: 언니도 그래?
아빠: 뭐가 떠오르는데?
서원: 난 총각김치 알타리무.
아빠: 하하하!
서빈, 서원: 우리 막 깨물어 먹자. 앙!

서원이는 괴물이 나오는 그림책을 읽다가 갑자기 아빠 배를 물겠다며 달려들었다. 남편은 너그러이 장난을 받아주었다. 책에서 이야기를 더 확장시키니 또 다른 이야기가 되었다. 조금 더 부추겼더니 또 다른 게 생각났다며 아빠 배는 볼수록 총각김치 같다고 했다. 서원이는 말을 해 놓고 저도 웃긴지 배를 잡고 깔깔 웃어댔다. 옆에 있던 큰 아이도 한마디 보탰다. 오늘따라 콤비가 잘 맞는 자매를 보니 흐뭇했다. 웃던 분위기는 글쓰기로 자연스럽게 이어졌다. 서원이는 쓰고 그리는 내내 히죽거렸다.

12월 4일 날씨

배

아빠 배는 총각김치를 닮았
습니다. 앙 깨물고 싶은 마
음이 자꾸 듭니다.

가리비 산에서 놀기

엄마: 이게 다 몇 개야?

서원: 우와, 엄청 많다. 다 똑같이 생겼어.

엄마: 가리비 부자네.

서원: 아, 빨리 먹고 싶어.

엄마: 더 맛있게 구우려면 양념장도 바르고 해야 돼.

서원: 못 기다리겠어.

엄마: 딱 한 시간만 참기!

서원: 나 진짜 많이 먹을 거야!

엄마: 엄청 많아. 실컷 먹어.

서원: 나 이걸로 산 만들어보고 싶어.

엄마: 손 깨끗이 씻고, 만져 봐. 대신 네가 가지고 논 건 네가 구워 먹기다!

서원: 뭐? 내가 다 섞어놓을 거지!

지인이 보내준 가리비를 닦고, 굽고, 양념장을 만들고, 칼국수 끓일 준비를 하는 동안 서원이는 가리비 옆을 떠나지 않았다. 산처럼 쌓고 놀다가, 나란히 줄을 세웠다. 자꾸 군침이 넘어간다며 빨리 먹고 싶다고 했다. 다 구운 가리비를 큰 접시에 넉넉하게 담았다. 식구들이 정신없이 먹다 보니 가리비 껍데기가 다시 산처럼 쌓였다. 서원이는 엄청 먹었다며 배를 땅땅 두드렸다. 가리비를 한 입 물 때 팡팡 터져 나오는 즙이 너무 맛있다며 연신 입맛을 다셨다. 나는 서원이 입에서 흘러나오는 단어들을 머릿속에 잘 저장했다. 소화가 될 즈음 서원이와 100일 쓰기를 했다. 가리비 파티 이야기가 알록달록 칸을 채웠다.

12월 5일 날씨: 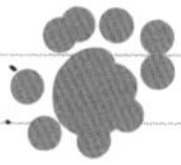

가리비

가리비 파티를 열었습니다. 여기저기서 가리비가 퐁퐁 터지는 소리가 났습니다.

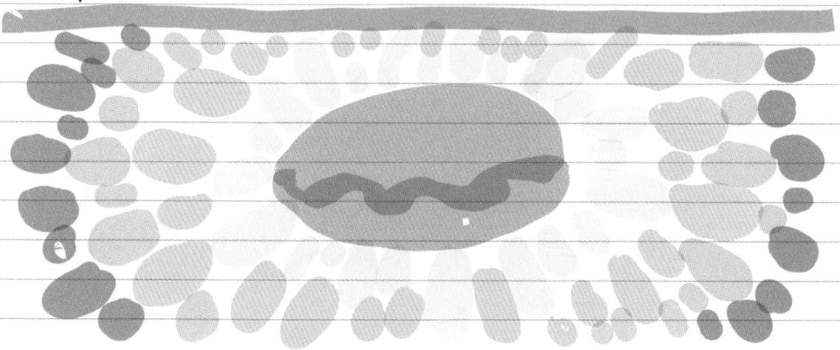

별 걸 다 들키고 말았네

엄마: 어? 그건 어디서 찾았어?
서원: 화장실 바닥에 떨어져 있던데?
엄마: 아, 그거 엄마 거야. 내일 건강검진 갈 때 가져갈 통이야.
서원: 신기하게 생겼다.
엄마: 그냥 통이 뭘 신기하다고.
서원: 이걸 왜 가져가?
엄마: 엄마 똥 담아서 가져가는 거야.
서원: 뭐? 똥을 담는다고?
엄마: 똥을 검사하면 엄마 몸이 아픈지 안 아픈지 알 수 있거든.
서원: 똥이 지금 여기 담겨 있어?
엄마: 냄새는 왜 맡니! 아, 못 말려!

아이들 챙기고, 이런저런 일로 분주하게 오가느라 스트레스가 많았다. 딱 어디가 아프다기보다 왠지 모를 불안감이 몰려왔다. 남편과 함께 건강검진을 받기로 했다. 검사를 위해 문진표를 작성하고 있는데, 서원이가 다가와서 대변 통을 흔들었다. 킁킁거리며 서원이는 코를 벌렁거렸다. 조금 더 빨리 말리지 못한 내 순발력을 탓해야지. 서원이는 대변 통을 들고, 오묘한 눈빛을 보냈다. 그리고 굳이 그 이야기를 100일 쓰기에 썼다.

12월 6일 날씨: 

왝

엄마는 건강검진 때문에 똥을 가져가야 한다고 했습니다. 작은 통에 똥을 담는대요. 왝 얼굴이 찡그러졌습니다.

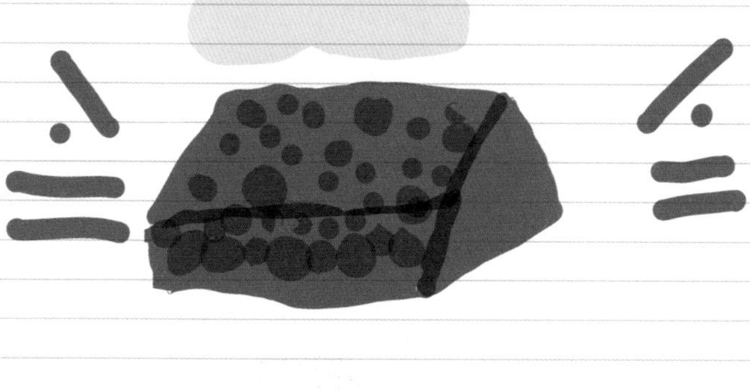

글쓰기 작전 7단계

아이가 스스로 쓰게 하세요

지금까지 조잘조잘 아이와 이야기를 나누고 끊임없이 소통했습니다. 아이가 엄마와 술술 이야기를 나누었고, 또래에 비해 멋진 생각을 하였으며, 작가 수준의 표현을 구사했다면 엄마는 아이가 글도 그렇게 쓸 거라 생각하지요. 하지만 말과 글은 다릅니다. 말보다 글이 더 좋을 수 있고, 글이 말한 것을 못 따라주는 경우도 많습니다. 하지만 아이가 스스로 마음이 동해서 쓰는 순간을 존중해 주세요. 아이는 엄마와 나눈 이야기, 스스로 느꼈던 충만한 마음을 통해 스스로 쓰기 시작하고, 그 순간이 바로 쓰기에 '몰입'하는 시간입니다.

- 솔직한 마음으로 소통할 것
- 쓰려고 할 때 바로 쓰게 할 것
- 창작은 아이 스스로의 힘으로 시작할 것
- 창작에 몰입하도록 분위기를 유도할 것

8 할 만해, 쓰기!

엄마는 나에 대해서 얼마나 알아
알아서 척척 해 주면 안 되겠니
작가가 되고 싶은 너에게
먹고 싶은 건 먹어야 산다
너는 습관 부자야
롱패딩 없는 겨울은
사물을 대하는 자세에 대하여
어깨야 돌아와
올 겨울은 참 착하다
팝송에게 위로를 받고
글쓰기 작전 8단계

엄마는 나에 대해서 얼마나 알아?

서원: 엄마는 나에 대해 잘 알지? 엄마니까!
엄마: 당연하지!
서원: 그럼 우리 서로 좋아하는 거 맞추기 놀이 하자.
엄마: 이거 좀 닦고!
서원: 아, 지금 해.
엄마: 서원이가 좋아하는 거? 밥?
서원: 엄마가 좋아하는 거, 바닐라 라떼.
엄마: 서원이가 좋아하는 거, 책?
서원: 엄마가 좋아하는 거 낙지볶음.
엄마: 서원이가 좋아하는 거, 음악?
서원: 엄마가 좋아하는 거. 줌바.
엄마: 서원이가 좋아하는 거, 엄마?
서원: 엄마가 좋아하는 거. 아빠!

놀이를 하면서 나는 자신이 있었다. 다 맞출 것 같았다. 서원이는 갸우뚱하는 표정을 짓더니 자기가 좋아하는 것들을 써 보겠다고 했다. 그리고 엄마가 몰랐던 것은 오늘부터 잘 기억해 달라고 했다. 왜 하필 그런 말을 했을까 곰곰이 쓴 것을 보며 생각해 보았다. 정답은 하나였다. 달달한 귤이 먹고 싶다는 것.

12월 17일 날씨:

좋아하다

달달한 귤, 시원한 물, 보드
라운 수면바지, 꿍꽝꿍꽝
피아노, 뮤지컬 애니, 요즘
나는 이 친구들을 좋아합니다.

알아서 척척 해 주면 안 되겠니?

엄마: 도대체 집에 있다고 며칠 동안 한 번을 안 씻어!
서원: 엄마, 나 깨끗해.
엄마: 아니거든! 제발 좀 씻어. 엄마랑 같이 씻을까?
서원: 아니! 엄마는 머리를 너무 박박 감겨서 싫어.
엄마: 그건 엄마의 두피 마사진데. 살살해 주면 되고.
서원; 아니! 엄마는 후다닥 정신없이 씻어. 난 물장난도 못 치고.
엄마: 장난치러 들어가니? 씻으러 들어가지!
서원: 암튼, 나 씻기 싫단 말이야!
엄마: 손 자주 씻는다고 몸까지 깨끗해지진 않아!
서원: 난 집에서 잘 나가지도 않았어.
엄마: 빨리 안 씻을래? 그럴 시간에 벌써 씻었겠다.
서원: 난, 언니랑 씻을 거야!
엄마: 물놀이는 안 돼!

요즘 부쩍 말이 많아진 딸들 때문에 내 귀에 딱지가 생길 지경이다. 씻으라고 했더니 요리조리 계속 미루었다. 입씨름을 하다가 겨우 욕실로 들여보냈다. 한숨 돌리는데 30분이 지나도 나오지 않았다. 때 비누가 좋다느니, 사우나 같다느니 둘이 낄낄 웃는 소리가 욕실에 울려 퍼졌다. 한참 있다 나와서 뽀득뽀득 개운해졌다고 얼굴에 로션을 바르면서 흡족해했다. 상쾌한 기분으로 서원이는 100일 쓰기를 했다.

12월 8일날씨: 

개운하다

씻기 싫어서 심통났습니다. 근데 씻고 나니 개운했습니다. 거울에 비친 내모습을 보니 TV에 나와도 될 것 같습니다.

작가가 되고 싶은 너에게

서원: 엄마, 나 벌써 70개도 넘었지?

엄마: 우와, 벌써 그렇게 됐네.

서원: 내가 쓴 거 다 웃기고 재밌다.

엄마: 작가는 자기가 쓴 거에 너무 빠지면 안 돼.

서원: 아직 작가도 아닌데 뭐.

엄마: 그런데, 그렇게 작가가 되고 싶어?

서원: 난 내가 쓴 글을 사람들이 함께 읽으면 좋겠어.

엄마: 왜?

서원: 그냥 재밌으면 같이 웃고 기분 좋아지면 좋겠거든.

엄마: 꼭 그렇게 될 거야. 엄마가 응원 많이 해줄게.

서원: 아, 나는 진짜 작가가 될 수 있을까?

서원이는 어리지만 글쓰기에 진심이고, 늘 정성을 다하는 모습을 보여주었다. 글을 쓰면서 마음속에 있던 것을 하나 하나 꺼내 놓았다. 궁금하면 묻고, 아쉬우면 표현하고, 그날 그날 느낀 대로 감정을 자기만의 단어로 썼다. 나는 성장해 가는 아이가 기특했다. 벌써 70일을 넘겼고, 하루도 빠지지 않고 꾸준히 채우려는 자세만으로도 이미 멋진 사람이라고 말하며 꼭 안아주었다. 서원이가 마음을 더 단단하게 잡고 어린 시절부터 글 서랍을 채워나가면 좋겠다.

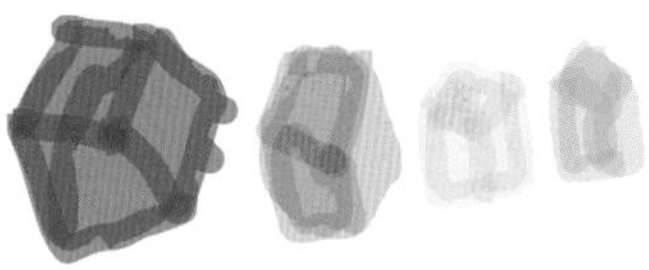

12월 9일날씨:

과연
매일쓰기가 70개를 넘었
습니다. 나는 과연 언제
쓱쓱 척척 잘쓰는 작가가
될 수 있을까요?

먹고 싶은 건 먹어야 산다

서원: 와, 회도 있고, 고기도 있네.
엄마: 어?
서원: 근데, 맛이 왜 이래?
엄마: 그건 엄마 거야. 네 앞에 접시 두고, 간장 세 개 줬잖아.
서원: 으윽! 찌릿찌릿해.
엄마: 와사비 엄청 넣었는데.
서원: 너무 이상한 맛이야.
엄마: 엄마 그거 좋아하잖아.
서원: 말을 해야지. 그게 들어 있다고.
엄마: 엄마 간장을 찍어 먹을 줄은 몰랐지.
서원: 이건 괴물이야.

찬바람을 맞으며 회를 사러 가는 길, 날은 추웠지만 둘러앉아 맛있게 먹을 식구들을 생각하니 걸음은 가벼웠다. 회를 접시에 담고 아이들이 먹을 냉동 삼겹살을 함께 구워서 식탁에 놓았다. 육지와 바다의 조화, 풍성한 식탁을 보니 그저 뿌듯했다. 너무 좋아하는 회를 앞에 두고 들뜬 사이에, 아이가 간장 그릇을 제대로 못 찾아 와사비를 먹고 말았다. 서원이는 와사비에 대한 강한 경험을 100일 쓰기에 담았다.

12월 10일 날씨: 

찌릿 찌릿

고기를 간장에 찍어먹었
습니다. 톡 쏘고 찌릿찌릿
해서 혀가 깜짝 놀랐
습니다. 와사비는 괴물 같습니다.

너는 습관 부자야

엄마: 서원아, 엄마 좀 쉬고 싶어.

서원: 엄마, 이리 와 봐.

엄마: 지금?

서원: 당연하지. 지금.

엄마: 알았어. 가야지 우리 딸이 원하면.

서원: 이거 들어 봐. 엄마.

엄마: 피아노 연주하게?

서원: 나 이 곡 다 칠 수 있어. 이제!

엄마: 정말? 연습 진짜 많이 했네.

서원: 매일 했지. 100일 쓰기처럼.

서원이가 일상에서 자연스럽게 100일 쓰기를 말하는 모습이 기특했다. 습관의 힘에 대해 아이에게 설명해 주었다. 피아노 치는 습관도 힘이 되어줄 수 있다는 것을. 새로운 악보가 어느새 익숙한 악보로 변신하게 된다는 것을. 서원이는 습관표를 그리며 쓰기에 집중했다. 쓰기도 습관이 되었다며 자기는 습관 부자라고 했다.

12월 11일 날씨: 

연습

연습은 신기한 습관입니다. 처음 치던 악보를 한 번에 술술 나올 정도로 다 외웠으니까요.

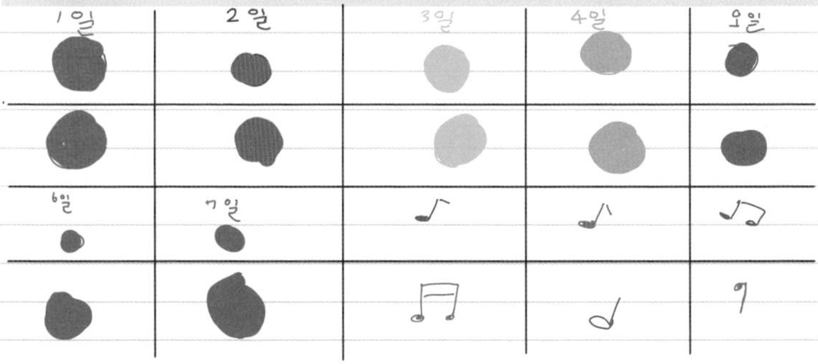

롱패딩 없는 겨울은

엄마: 겨울엔 롱패딩이야.
서원: 근데, 왜 난 안 사줘?
엄마: 넌 이렇게 언니 것 입으면 되지.
서원: 난 너무 더운 건 싫어.
엄마: 그래서, 안 사준 건 이유가 있는 거야.
서원: 따뜻하긴 해. 근데.
엄마: 근데 뭐?
서원: 맘대로 잘 걸어지지 않아!
엄마: 서원이 말을 듣고 보니 그렇네.
서원: 내 다리가 옷에 갇혔어.
엄마: 불편하겠다. 그럼 네 건 사지 말아야겠다.
서원: 그건 아니지!

소파에 툭 던져놓은 롱패딩을 보는데 서원이가 쓸거리로 잡으면 좋겠다는 생각이 들었다. 서원이의 롱패딩을 사야 하나 말아야 하나 고민하며 이야기를 시작했다. 걸을 때 내 마음대로 걸어지지 않는 이상한 옷이라고 말하면서 오리처럼 뒤뚱거렸다. 그 생각이 재밌어 보여서 써보기로 했다. 하지만 따뜻한 것도 꼭 써야겠다며 문장 속에서 앞뒤의 순서를 고민했다. 가장 하고 싶은 말부터 써보라고 했다. 서원이는 자기의 생각을 차분히 정리해 나갔다. 글쓰기를 할 때, 생각의 단계가 보였다. 조금씩 체계적인 글쓰기에 접근하는 것 같았다.

12월 12일 날씨:

롱패딩

롱패딩은 추울 때 입으면 따뜻합니다. 하지만 걸을 때 내맘대로 걸어지지 않는 이상한 옷 같습니다.

사물을 대하는 자세에 대하여

서원: 굴 무침 맛있었어.
엄마: 살짝 매콤 새콤했지?
서원: 수육에 올려 먹으니까 정말 맛있더라.
엄마: 잘 어울렸어?
서원: 얘네 짝꿍이야.
엄마: 같이 먹으면 맛있는?
서원: 나도 친구랑 짝궁 있듯이, 얘네도 짝궁 해줄래.
엄마: 어떻게?
서원: 100일 쓰기에 쓰면 되지.
엄마: 아, 진짜 그러면 되겠다.
서원: 그럼, 내가 가져올게.

김이 모락모락 나는 수육을 두툼하게 썰고, 굴 무침과 함께 접시에 담았다. 맛있게 먹더니 서원이는 잘 어울렸던 수육과 굴무침에 대해서 쓰고 싶어 했다. 나는 음식점에서도 어울리는 음식끼리 짝을 이뤄 팔고 있다고 알려주었다. 서원이가 얘네는 알아주는 짝꿍이구나 하고 말했다. 짝꿍이라는 말이 귀여웠다. 아이의 눈높이에서 나오는 말은 아이의 고유한 언어이며, 참 소중하다는 생각이 들었다. 서원이의 100일 쓰기 안에서 수많은 무생물이 생명을 얻고, 존재감을 찾았다.

12월 13 일날씨: 

쫀득쫀득
엄마가 만들어준 수육을 먹었습니다. 쫀득쫀득 수육의 짝꿍은 새콤달콤 굴무침 입니다.

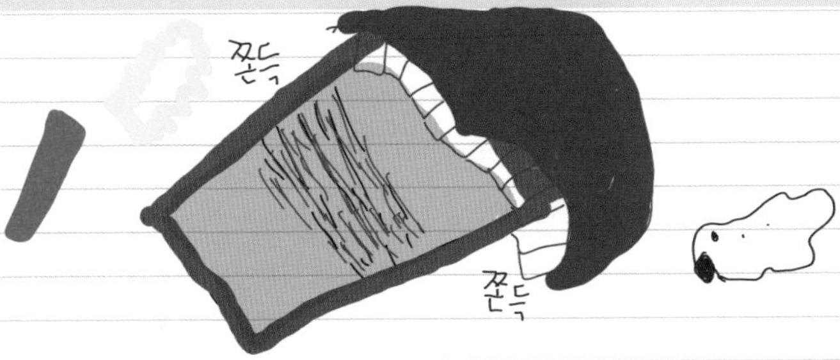

어깨야 돌아와

서원: 어깨 계속 아파?

엄마: 괜찮아.

서원: 엄마 어깨 아프니까 싫어. 요즘 기운도 없고.

엄마: 운동을 해야 하는데 집에만 있어서 더 그런가 봐.

서원: 집에서도 운동해.

엄마: 그래. 서원이 말이 맞아.

서원: 나랑 같이 할래?

엄마: 그것도 좋겠다.

서원: 이건 내가 들어줄게.

엄마: 아냐. 무거워서 안 돼.

서원: 괜찮아.

쓰레기봉투를 들고 나가려는데 서원이가 달려와 뺏어 들었다. 여러 번 달라고 했지만 서원이는 꿋꿋이 버텼다. 나는 손이 남아 다른 쓰레기도 버릴 수 있었다. 쌓여 있는 피로 덩어리도 쓰레기봉투에 모조리 버릴 수 있다면 얼마나 좋을까. 서원이에게 엄마를 도운 이야기로 글을 써보자고 했다. 스스로 칭찬하는 이야기를 쓸 줄 알았는데 서원이의 글을 보고 느낀 점이 많았다. 무거웠어도 엄마를 위해 꾹 참았던 마음이 느껴졌다. 그 마음이 참 고마웠다.

12월14 일날씨: 

일반쓰레기

엄마를 돕는 일은 힘들
때도 있습니다. 일반쓰레기
봉투는 가벼울 것 같았는데무
거워서 손가락이 깜짝 놀랐습니다

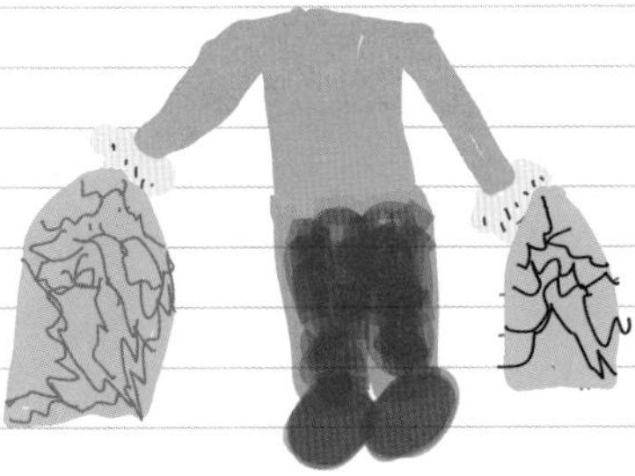

올 겨울은 참 착하다

서원: 눈을 밟으면서 걸으면 과자 먹는 소리가 나지 않아?
엄마: 엄마도 그렇게 느꼈는데.
서원: 엄마도 과자 좀 먹어 봐.
엄마: 요즘 눈은 더러워. 그러니까 너도 먹지 마.
서원: 그럼 먹지는 못해도, 우리 과자 모양대로 만들어 보자.
엄마: 좋아. 만들기만 하기, 던지지는 말기야.
서원: 에이! 차갑지?
엄마: 어? 엄마한테 던졌다 이거지?
서원: 아, 나한테는 던지지 마.
엄마: 으. 한 번만 봐주는 거야. 눈 참 예쁘고 하얗다.
서원: 정말 너무 좋다. 안 녹았으면 좋겠다.

어릴 때 하얀 눈을 밟을 때의 기분을 떠올리며 서원이 손을 잡고 눈길을 걸었다. 눈을 밟는데 여러 가지 소리가 났다. 뽁뽁, 뽀각뽀각. 과자를 참참 먹을 때의 아삭아삭 소리도 났다. 마치 과자 세상에 온 것 같았다. 서원이는 진짜 과자라도 되는 양 눈을 입으로 가져갔다. 집에 들어와 과자 한 봉지를 꺼냈다. 과자를 먹을 때 눈을 감고 먹으면 소리가 더욱 잘 들린다고 하면서 내가 먼저 시범을 보여주었다. 서원이는 바로 따라했다. 그렇게 느낀 마음을 100일 쓰기에 담았다.

12월 15 일날씨:

과자

가득 쌓여있는 눈을 밟았습니다. 뽀각뽀각, 바삭바삭, 뿍뿍, 아삭아삭 마치 과자 세상에 온 것 같습니다.

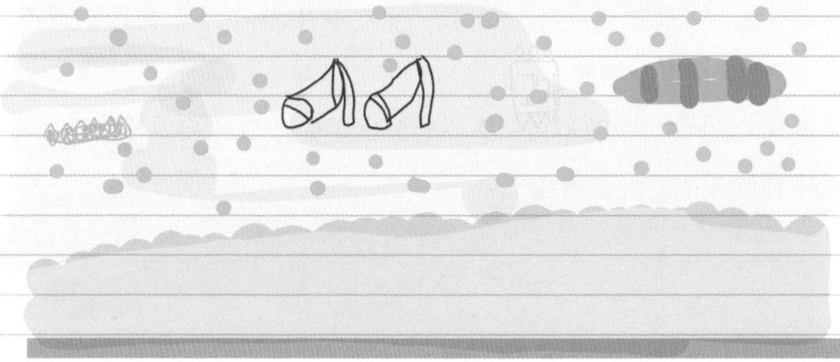

팝송에게 위로를 받고

서원: 엄마, 이 노래 좋지?
엄마: 응, 좋지. 그런데 목 안 아파?
서원: 전혀. 노래 불러줄까?
엄마: 아니. 그런데 서원인 왜 같은 노래만 불러?
서원: 너무 자유롭고 좋아서.
엄마: 가요랑 또 다른 맛이 있지?
서원: 응, 리듬이 착착 감미로워.
엄마: 잘 못 알아들어서 때로는 더 편안하게 들릴 수도 있어.
서원: 들을수록 좋아. 그냥. 마음을 토닥토닥해 줘.
엄마: 어떤 사람은 진짜 팝송으로 영어를 배운대.
서원: 그래? 영어는 그냥 책이 좋아. 엄마.

자유로운 팝송 이야기를 하다가 왜 갑자기 영어 공부 얘기를 했을까. 조금 더 아이 마음을 살필 수 있었는데 내가 대화를 끝낸 것 같았다. 그래도 자유롭고, 편안한 마음과 감미로운 토닥임을 준다는 말은 서원이가 만들어낸 팝송에 대한 자기만의 표현 같았다.

12월 16일 날씨:

편하게

팝송은 자유로운 느낌이
들을수록 마음을 편하게
해줍니다. 리듬이 감미롭
게 마음을 토닥여줍니다.

글쓰기
작 전
8단계

아이의 창작 시간을 존중해 주세요

엄마는 조용히 아이 옆을 지키며 쓰기에 몰입하는 아이를 바라봅니다. 쓰는 동안 아이가 물어보지 않으면 조용히 기다려주세요. 물론 바꾸고 싶은 것도 있고, 표현이나 맞춤법 등 엄마로서 꼭 하고 싶은 말은 넘쳐나지요. 이 순간을 참지 않으면 아이의 글은 엄마의 색깔을 입고 성인의 글이 되거나, 표현이 이상해지거나 처음 글을 썼던 아이의 의도가 바뀌게 됩니다. 아이의 글을 까다로운 눈으로 보려던 때도 있었는데요. 애써 쓴 글을 지우면 아이가 처음 썼던 마음에 상처를 받거나, 열심히 쓰려던 의지를 잃기도 합니다. 그래서 반드시 고쳐야 하는 게 있어도 아이의 창작 의도를 존중해 주고 기다려 줍니다.

- 몰입하는 아이를 방해하지 말 것
- 필요 이상 참견하지 말 것
- 엄마의 생각은 되도록 나중에 말할 것
- 하고 싶은 말은 메모할 것
- 꼭 해야 할 말인지 생각해 볼 것

9 쓰고 싶은 게 너무 많아!

앞머리 줄넘기가 뭐야
먹방 요정
새로운 시도를 할 때
아무 것도 하기 싫은 날
이런 떡은 처음이야
웃는 가족을 보며 나도 함께 웃는다
크리스마스 선물은 무조건
산타할아버지를 위한 선물
이상하게 아빠 같지
이러다 살림꾼 될까 봐
글쓰기 작전 9단계

앞머리 줄넘기가 뭐야

서원: 엄마. 앞머리가 펄럭거려.

엄마: 앞머리를 너무 길렀나 봐.

서원: 진짜 앞머리만 따로 묶어야 할 정도야.

엄마: 묶어줄까?

서원: 아니, 그냥 앞머리도 줄넘기 하라고 하지 뭐.

엄마: 신나 보인다.

서원: 응. 그런데 다음부터는 머리부터 묶고 해야겠어.

엄마: 앞머리가 줄넘기하는 거. 기발하고 재밌는 표현이야. 서원아.

서원: 펄럭펄럭! 그런데 왜 엄마는 웃고만 있어! 빨리 줄넘기 해야지.

놀이매트를 여러 장 가져와 거실 바닥 전체에 깔았다. 그리고 살살 뛰기로 아이들과 규칙을 정했다. 아이들은 무기력하게 있다가 벌떡 일어나 갑자기 매트 놀이터로 변신한 집을 뛰어다녔다. 아이들에게 순서를 정해 주고 줄넘기를 하기로 했다. 최대한 약하게 뛰는 사람이 이기기로 정하였더니, 아이들은 경쟁하듯 살살 뛰었다. 줄넘기가 끝나고, 결국 서원이 머리는 뒤엉켜서 빗질을 했다. 당겨지면 아프다고 칭얼대더니, 다 빗자마자 조르륵 100일 쓰기 노트를 가져왔다. 매트 놀이터에서 뒹굴뒹굴 글을 쓰니 더 즐거워 보였다.

12 월17일날씨

줄넘기

앞머리 줄넘기는 재밌습니다.
긴 앞머리를 돌리고 발도 폴
짝 폴짝 박자를 맞춥니다.
그러다 제멋대로 머리가 됩니다.

먹방 요정

서원: 엄청 잘 먹는다. 저 아저씨.

엄마: 신기하다, 진짜.

서원: 대파를 통째로 먹어. 안 매울까?

엄마: 하하, 말도 안 돼. 어떻게 저렇게 먹지?

서원: 엄마도 대파 좋아하니까 해 봐.

엄마: 방송은 따라 하라고 보여주는 건 아니야. 그냥 먹을 수 있는 걸 보여주는 거야.

서원: 아, 그런 거구나.

엄마: 갑자기 뭐가 막 먹고 싶다.

서원: 우리도 오늘 과메기 먹으면 안 돼?

엄마: 아빠한테 사다 달라고 해볼까?

서원: 내가 전화할게.

우연히 보게 된 채널에서 음식을 아주 많이 먹는 먹방의 대가가 나왔다. 서원이는 눈이 동그래져서 호들갑을 떨었다. 아빠가 사다 주기로 한 과메기를 기다리며 쓰기를 했다. 곧 과메기를 먹을 거라는 기대에 서원이는 활기차고, 기분이 좋았다. 누구처럼 먹방으로 유명해지고 싶은 마음도 함께 썼다. 우리의 도전 목표인 100일이 얼마 남지 않았다.

12월 18일 날씨:

역시

나도 미니 천뚱이 되고 싶습니다. 하지만 대파를 쌈장에 통째로 찍어 먹는 것은 힘듭니다. 역시 천뚱입니다.

새로운 시도를 할 때

엄마: 서원아. 토론회 어땠어?
서원: 엄마. 이상한 게, 아빠가 말할 때는 너무 졸렸어.
엄마: 하하하, 그랬어? 조금 어려운 말을 섞어서 그랬나?
서원: 근데 엄마가 말할 때는 쏙쏙 잘 들어오는 거야.
엄마: 하하하, 너무 웃기다. 아빠한테는 비밀이다!
서원: 아빠한테도 엄마처럼 해달라고 해야겠어.
엄마: 안 돼. 그럼 아빠 삐질걸?
서원: 그리고 딸기타르트 진짜 맛있었어.
엄마: 그래, 진짜 맛있게 먹더라.

가족 토론회를 다시 시작하기로 한 날. 간단한 다과를 준비했다. 딸기를 올린 타르트와 생초콜릿, 그리고 플레인 요거트까지. 식탁 위에 예쁘게 차려놓으니 파티라도 하는 것 같았다. 토론회는 엉성했지만 나름 만족스럽게 끝났다. 가족토론은 자연스레 서원이의 100일 쓰기에 등장했다. 다음부터는 남편한테 발표할 때 조금 짧게 하라고 해야겠다.

12월 19일 날씨:

쫑긋하다

가족토론을 하였습니다. 이상하게도 엄마 말에만 쏙 빠져 들었습니다. 생생한 표현에 귀가 쫑긋했습니다.

아무 것도 하기 싫은 날

서원: 엄마, 기분 안 좋아?
엄마: 그래 보였어?
서원: 엄마가 자꾸 한숨만 쉬니까.
엄마: 아, 미안. 안 그럴게.
서원: 웃어. 뿌잉 뿌잉!
엄마: 고양이가 갸르릉 하는 것 같네.
서원: 내가 이러면 기분 상큼해지지?
엄마: 영양제를 먹은 것 같아.

어쩌다 보니 글 한 편을 쓸 여유와 체력이 없었다. 정신은 멍하고, 빙빙 그 자리만 돌고 있었다. 마음이 끝없이 가라앉던 순간, 서원이는 내 마음을 달래주었다. 평소에도 유산균과 비타민을 주면서 몸을 단단히 지켜줄 영양제라며 꾸준히 챙겨주었는데, 내 습관과 말이 아이에게 영향을 주고 있었다. 100일 쓰기를 하며 내 어깨와 마음에 불끈 근육이 만들어지기 시작했다. 글은 읽는 사람들의 마음을 움직이고 희망을 줄 수 있다. 이미 서원이의 글이 그랬다.

12월 20일 날씨:

비타민♥

나는 고양이처럼 야옹야옹 하며 애교를 부렸습니다. 엄마는 달콤하다며 좋아했습니다. 나는 비타민 입니다.

이런 떡은 처음이야

서원: 떡이다!

엄마: 먹어 봐. 이거 아무 때나 못 먹어.

서원: 어떤데? 너무 궁금하다.

엄마: 이게 엄청 고급스런 떡이래. 유명한.

서원: 그럼 무슨 요리사가 만든 거구나.

엄마: 어? 그건 모르지만 아마 유명한 사람이 만들었나 봐.

서원: 근데 이상해.

엄마: 뭐가?

서원: 떡은 맛있는데 이 사이사이 다 껴.

엄마: 이 해봐.

서원: 이에 점이 다다다 생겼지?

지인이 남편에게 떡을 보냈다. 비닐 안에 떡이 가지런히 있었다. 흑임자 가루가 고소한 향을 풍기며 쫄깃하고 담백했다. 그런데 서원이는 조금 먹더니 더 이상 손을 대지 않았다. 맛은 있지만 먹고 나면 가루가 이에 끼어 불편하다고 했다. 나는 서원이에게 이에 점이 박혔다고 웃으며 말했고, 서원이는 이에 무늬가 생겼다고 했다. 우리는 이 대화를 소재로 100일 쓰기를 했다.

12월 21일 날씨

고소한

따뜻하고 쫄깃쫄깃한
흑임자떡을 먹었습니다. 흑임
자가루는 고소한 향이 났습
니다. 내 이에 무늬가 생겼습니다.

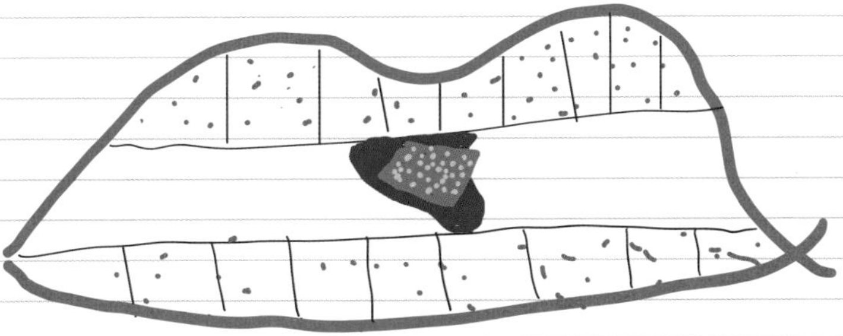

웃는 가족을 보며 나도 함께 웃는다

서원: 엄마, 왜 자꾸 웃어?
엄마: 그런 게 있어.
서원: 뭔데?
엄마: 아빠가 엄마한테 몰래 선물을 줬거든.
서원: 치, 아빠 치사해. 우린 빵만 주고.
엄마: 서원아, 엄마랑 아빠랑 사이좋은 건 좋은 거야. 매일 같이 웃고 지내잖아.
서원: 아, 뽀뽀는 하지 마.
엄마: 어머, 엄마가 아빠랑 뽀뽀 안 하면 누구랑 하니?
서원: 아, 그렇네.
엄마: 서원이도 나중에 아빠 같은 사람 꼭 만나.

내가 읽고 싶어 한 책이 안방 화장대 위에 가지런히 있었다. 피식피식 웃고 있을 때, 서원이와 눈이 마주쳤고, 눈짓을 주고받는 남편과 나를 번갈아 보다 100일 쓰기를 꺼내왔다. 모카빵을 먹으며 보는데 서원이의 글에서도 달달한 향이 풍겼다.

12월 22일 날씨

웃기다

아빠는 집에 들어올 때부터 웃깁니다. 오늘은 언니도 하루종일 웃겼습니다. 집에만 있어도 유괘한 하루입니다.

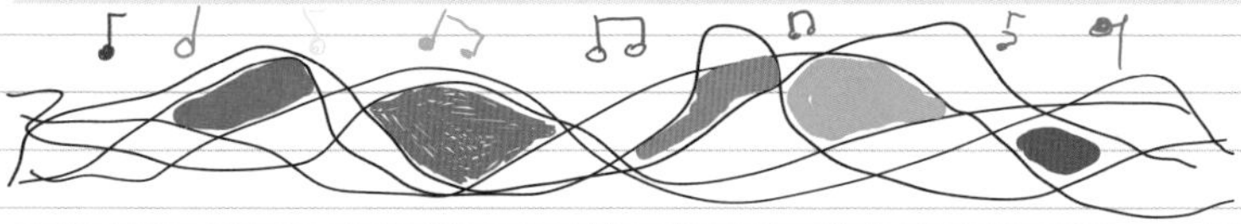

크리스마스 선물은 무조건

엄마: 서원아, 그렇게 걱정돼?
서원: 내일이 크리스마스이브잖아.
엄마: 벌써 시간이 그렇게 되었네.
서원: 산타할아버지가 잘 오실까?
엄마: 끄떡없을 거 같은데?
서원: 진짜?
엄마: 그럼 당연하지!
서원: 난 선물 꼭 받고 싶어.
엄마: 산타할아버지가 서원이 선물 주러 오실 거야.
서원: 나 착한 일도 많이 했어. 쓰기도 많이 했고.
엄마: 맞아. 기특하지. 꾸준히 쓰는 일이 쉽지 않거든.

서원이의 걱정이 늘어졌다. 산타할아버지가 코로나에 걸리면 어떡하냐며, 그보다 코로나에 걸려서 자기한테 선물주러 못 올까 봐. 달래면서 나는 서원이의 마음이 다 풀린 줄 알았다. 100일 쓰기를 하면서 대화할 때와 쓸 때의 마음은 또 다른 것을 알게 되었다. 걱정하지 말라고 다독다독 달랬으니 희망적인 이야기를 풀어낼 줄 알았다. 하지만 서원이는 여전히 걱정이 컸고, 나는 그 마음을 옆에서 봐주었다. 아이의 마음을 고스란히 느끼면서 조금 더 깊이 이해하는 시간이었다.

12월 23일 날씨: 

선물

산타할아버지가 세계 곳곳을 다니다가 코로나에 걸려 못 올까 봐 걱정이 되었습니다. 선물을 받아야 되는데......

산타할아버지를 위한 선물

서원: 유리창에 이렇게 그리면 보시겠지?
엄마: 그렇게 크게 그리려고?
서원: 작게 그리면 우리 집 못 찾아오실까 봐.
엄마: 산타할아버지 눈이 얼마나 좋은데!
서원: 아냐. 그래도 크게 그리고 싶어.
엄마: 괜찮대도.
서원: 산타할아버지가 좋아하실까?
엄마: 그럴걸? 네가 정성을 다해 그리고 있잖아.
서원: 그렇긴 하지. 엄마도 그리고 싶구나?
엄마: 어? 엄마는 양말 그릴까?
서원: 그래, 귀엽게 두 개 그려 줘.
엄마: 짝짝이 양말로 귀엽게.

따사로운 햇살이 거실을 가득 채웠다. 서원이는 꼼지락꼼지락 아침부터 제일 바빴고, 큰 아이는 조용히 독서에 빠져 있었다. 서원이는 커다란 대형 트리를 그리고 있었다. 얼굴에 알록달록 웃음꽃이 돌았다. 몇 단짜리 트리를 지치지도 않고 열심히 그렸다. 나는 그려놓은 트리를 사진으로 찍어놓고, 쓰기에 옮겨보자고 했다. 서원이는 행복한 상상을 하면서 쓰기를 마무리했다. 서랍에 잠자고 있던 알전구들을 꺼내고, 불빛을 켜보았다. 트리가 알록달록 빛났다.

12월 24 일날씨 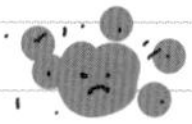

그리다

내가 직접 트리를 그렸습니다. 산타할아버지가 예뻐서 깜짝 놀라셨으면 좋겠습니다.

이상하게 아빠 같지

서원: 혹시 이 선물 산타할아버지가 준 거 맞아?

엄마: 당연하지!

서원: 정말 왔다 가셨어?

엄마: 엄마는 자느라 모르지.

서원: 정말 너무 신기하다. 그럼 내 선물도 보셨겠다.

엄마: 네가 쓴 편지가 없는 거 보니까 가져가셨나 봐.

서원: 어? 편지가 없어진 건 엄마가 어떻게 알아?

엄마: 아니, 가져가셨겠다고.

서원: 어, 진짜 없어. 가져가셨어. 그런데, 선물이 왜 아빠가 산 거 같지?

엄마: 왜? 갑자기?

서원: 아빠가 이거 갖고 싶지 않냐고 물어봤었거든.

엄마: 에이, 아빠 아니야.

선물을 보고 서원이는 자기에게 꼭 필요했다며 신기해했다. 나는 그 마음을 100일 쓰기에 담을까 물었다. 진지하게 한 자 한 자 써 내려가는 서원이를 보는데 오늘따라 부쩍 큰 아이처럼 느껴졌다.

12월 25일 날씨:

어떻게

산타할아버지는 내 마음을 어떻게 알았지? 오늘부터 걸을 때 시계를 계속 쳐다볼 것 같다.

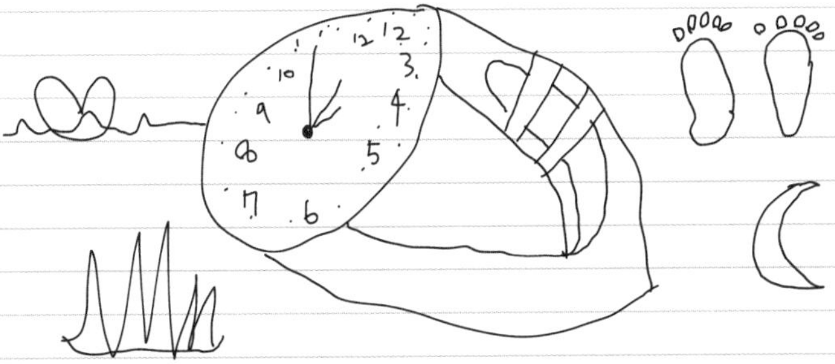

이러다 살림꾼 될까 봐

서원: 엄마. 설거지 재밌어?

엄마: 이게 재밌어 보이니?

서원: 응. 엄청 재밌어 보여.

엄마: 아냐. 세제가 옷에 다 튀고 재미도 없어.

서원: 내가 해 줄까?

엄마: 이걸? 정말 해보고 싶어?

서원: 응. 나도 할 수 있어. 그냥 닦고 물에 헹구면 되는 거지?

엄마: 응. 그렇긴 한데.

서원: 그럼, 내가 해 줄게.

엄마: 그냥 헹궈서 식기세척기에 넣어 줘.

서원이는 설거지를 하고 난 후의 개운한 마음을 썼다. 벌써부터 그 개운함을 알게 되다니 한편 씁쓸하기도 했다. 하지만 서원이는 노래를 흥얼거리며 놀듯이 기분 좋게 설거지를 해주었다. 뽀드득 소리를 들려주면서 자기가 엄청 잘 닦지 않았냐고 자랑스럽게 나를 쳐다보았다. 뽀드득 소리를 들으면 기분이 상쾌해진다고 했다. 설거지는 쓰기의 소재가 되었다. 호기심이 생길 때 옆에서 봐 주는 일도 쓰기의 과정 같았다.

12월 26일날씨:

설거지

설거지는 다 하고 나면 개운해 집니다. 뽀드득 소리는 다끝났다는 신호입니다.

글쓰기 작전 9단계

아이의 글을 읽어줄 독자가 있으면 좋아요

아이가 온 마음을 다해 썼을 글을 엄마도 진심으로 읽어줍니다. 엄마의 진심 가득한 목소리로 아이의 글을 읽는 시간은 마치 아이가 작가가 된 듯, 독자가 생기는 시간이지요. 편안하고 부드러운 엄마 목소리로 자기가 쓴 글을 들으면 아이는 또 다른 경험을 하게 되지요. 엄마가 읽고 난 후에 아이도 직접 자기의 글을 읽어 보게 합니다. 읽다 보면 아이가 아쉬워 하는 부분이 나오거나, 표현을 바꾸고 싶어 하기도 합니다. 엄마한테 어떻게 하면 좋을지 묻기도 하지요. 엄마의 의견을 말하면서 더 깊은 대화를 나눌 수 있습니다.

- 아이의 글을 엄마가 읽어줄 것
- 엄마 외에 추가 독자를 초대할 것
- 독자는 읽은 후 자신의 의견을 말할 것
- 여러 독자에게 다양한 의견을 들을 것

10 쓰기가 만만해졌어!

벌써 91일
미안해 지워 버려서
마쉬멜로우처럼 달콤하게
따뜻한 선물에 눈물이 톡
먹고 싶은 것만 떠오르는 날
지금도 감사하다
수다가 터졌어요
할아버지가 생각나요
가짜라도 즐거운 상상
도전의 끝, 나를 더 사랑하게 되었다
글쓰기 작전 10단계

벌써 91일

서원: 오줌은 갑갑할 거야.

엄마: 왜 갑갑해?

서원: 바깥으로 나갈 때를 기다려야 하니까.

엄마: 맞아, 오줌은 마렵다 싶으면 무조건 누러 가야 해.

서원: 오줌이 나오면 얼마나 자유로울까.

엄마: 자유롭기까지?

서원: 그럼! 변기에서 오줌은 파티를 할 거야. 좋아서.

엄마: 아, 오늘은 아무리 봐도 네가 오줌에 너무 빠졌어.

서원: 쓸 거야. 오줌 파티!

엄마: 응, 그래.

우리의 100일 도전이 드디어 카운트다운에 들어가는 역사적인 날이 되었다. 오랜만에 얇은 옷을 입고, 거실로 나갔다. 그런데, 거실이 썰렁했다. 아직 내 마음만 봄이었다. 서원이도 거실이 춥다며 오줌이 자꾸 마렵다고 화장실에 갔다. 나오면서 역시 집은 화장실을 아무 때나 갈 수 있어서 좋다고 했다. 좀 색다른 이야기를 쓰고 싶은 날이었는데. 결국 서원이는 100일 쓰기에 오줌을 등장시켰다. 글을 쓰고, 그림을 그리며 서원이는 마음의 답답함까지 털어내고 있는 듯 보였다.

12월27일 날씨: 

즐겁게

몸 안에 있던 오줌이 나
와서 신났습니다. 오줌은
변기에서 즐겁게 파티
를 하고 있습니다.

미안해 지워 버려서

서원: 내가 그린 트리를 왜 지워?

엄마: 며칠 됐으니까 이제 다 지우고 청소해야지.

서원: 내가 얼마나 힘들게 그린 건데.

엄마: 알지. 그런데 지워야 할 땐 지워야 하는 거야.

서원: 치.

엄마: 산타할아버지가 보시고 선물도 놓고 갔으니까 괜찮지?

서원: 몰라!

엄마: 또 나중에 그리면 되고.

서원: 팔이 얼마나 아팠는데.

엄마: 그럼 우리 트리 이야기를 남기는 거야.

서원: 난 속상한 얘기 다 쓸 거야.

서원이가 그린 그림 트리를 남편이 지웠다. 서원이는 인기척에 일어났다가 말끔해진 창문을 보고 속상해했다. 아직 잠이 덜 깬 강아지처럼 나한테 다가오더니 폭 안겨서 비비적거렸다. 그리고 서운한 마음을 솔직하게 표현했다. 나는 서원이가 글을 쓰면서 속상했던 마음을 풀고, 다시 웃어주기를 바랐지만 생각보다 오래갔다. 서원이에게 찍어 두었던 트리 사진을 보여주었다. 친한 친구를 다시 만난 것처럼 기뻐하며 미소를 지었다.

12월 28일 날씨: 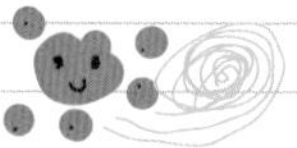

오래

내 그림트리가 사라졌습니다. 오래 옆에 있을줄 알았는데 물티슈가 잡아먹었습니다. 내 마음에 구멍이 생긴 것 같습니다.

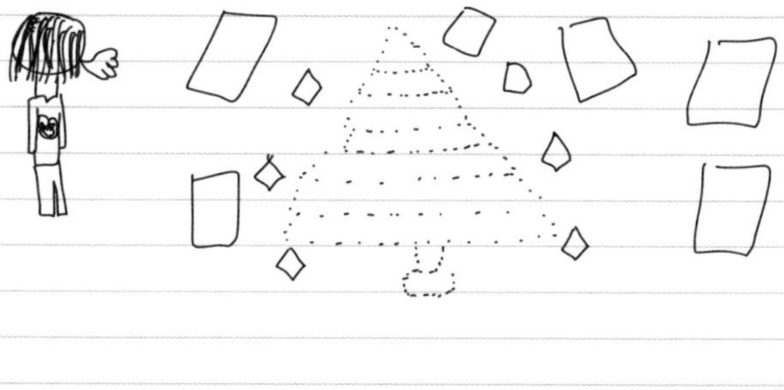

마쉬멜로우처럼 달콤하게

서원: 쪼득해.
서빈: 진짜 폭신하고.
엄마: 딱 하루에 두 개씩만 먹는 거 어때?
서원: 두 개는 너무 적지. 엄마도 드세요.
엄마: 한 개 먹어봐야겠다.
서빈: 같이 이렇게 먹으니까 좋다.
엄마: 엄마랑 같이 먹으니까 좋아?
서원: 좋지. 근데 엄마도 하루에 두 개만 드세요.
엄마: 하나는 그냥 먹고, 하나는 불에 구워 먹을까?
서원: 에이, 그런 건 캠핑장에서 하는 거야.
엄마: 집이 캠핑장이다 생각하고 먹으면 되지.

딸들과 함께 먹은 마쉬멜로우는 어릴 적 아빠가 사다 주시던 그 맛과 비슷했다. 따뜻하고 달콤한 구름을 닮은 맛. 아이들은 어린 시절의 나처럼 추억을 만들고, 쌓아가며 하루하루 자라겠지. 그리고 언젠가는 그 시간을 돌아보겠지. 나는 사진 한 장 없이 흘려보냈던 지난날이 아쉬울 때가 많았다. 마쉬멜로우를 보면 이렇게 생각이 많아질 줄 알았다. 달콤했던 시간을 서원이가 오래오래 마음에 담았으면 좋겠다.

12월29일날씨:

감싸다

엄마가 처음으로 마
쉬멜로우를 사주었습니다.
쪼득 쪼득한 느 낌이 내
입안을 감쌌습니다.

따뜻한 선물에 눈물이 톡

엄마: 서원이랑 먹으라고 주셨어.

서원: 우와!

엄마: 따끈따끈해.

서원: 맛있겠다. 냄새도 너무 좋아. 아, 배고팠는데.

엄마: 진짜 잘 됐어. 엄마 저녁 안 해도 되겠다.

서원: 정말 맛있다. 보드라운 살이 입에서 녹아.

엄마: 겉은 어쩜 이리 바삭바삭하지?

서원: 이게 정말 겉바속촉이네.

엄마: 그런 말도 알아? 코로나가 말투를 다 버려놨다니까.

서원: 어떻게 알았지? 내가 치킨 먹고 싶었던 걸?

엄마: 감사한 마음을 우리는 어떻게 하지?

서원: 나 이걸로 100일 쓰기 할래. 엄마.

아침부터 내리던 눈이 빗줄기로 변했다. 휴대폰이 울려 받아 보니 나의 선생님이었다. 집 근처라는 말에 나는 너무 반가워 잠바만 입고 달려 나갔다. 선생님은 갓 튀긴 치킨이 담긴 상자를 건넸다. 빈손이라 민망해하면서도 감사한 마음으로 받았다. 서원이는 치킨을 맛있게 먹다가 미끌미끌한 손을 휴지로 닦았다. 골똘히 생각하면서 마음을 쓰기 시작했다. 엄마의 마음이 몽글몽글 따뜻해졌다고 말했는데, 자기 마음도 비슷하다고 했다. 하지만 자기만의 표현을 만들고 싶어 했고, 결국 마음이 노릇노릇 익었다는 말을 생각해냈다.

12월 30일 날씨 

바삭바삭

치킨은 바삭바삭 겉옷을 입고 속은 보드라운 살을 가졌습니다. 딱 치킨이 먹고 싶은 날 가장 좋아하는 사람에게 선물을 받으니 마음이 노릇노릇 익었습니다.

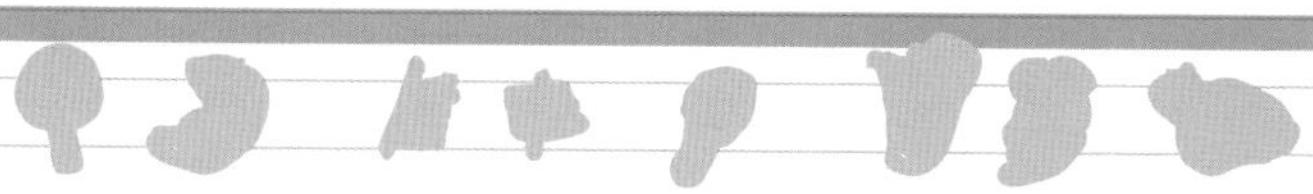

먹고 싶은 것만 떠오르는 날

서원: 엄마. 나 오늘은 못 먹어?

엄마: 배고파?

서원: 그냥 그래. 그런데 아무것도 안 먹었잖아.

엄마: 오늘은 굶거나 흰죽 끓여줄게.

서원: 아, 흰죽 싫은데.

엄마: 그럼 뭐 먹고 싶은데?

서원: 먹고 싶은 거야 많지.

엄마: 원래 그런 거야. 못 먹는다고 생각하면 더 먹고 싶지.

서원: 시원한 물이 너무 먹고 싶다.

엄마: 안 돼. 물도 따뜻하게 마셔야 해.

매운 야식을 먹고 탈이 난 서원이는 먹고 싶은 것을 하나하나 그리기 시작했다. 나는 지금 무엇이 가장 먹고 싶냐고 물었고, 서원이는 그 순간부터 눈이 초롱초롱해졌다. 아프다고 짜증을 내거나, 쓰기도 안 한다고 하면 하루쯤 들어줘야지 생각했는데. 사실 조금 의외였다. 마음을 풀어주고, 분위기를 이끌어주니 아이는 시키지 않아도 스스로 할 수 있는 일을 찾아서 해냈다.

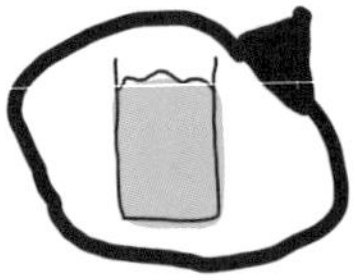

12월31일 날씨

음식

배가 아플때 음식을 못 먹어서 속상했습니다. 얼마나 먹고싶은지 맛있는게 계속 떠올랐습니다.

지금도 감사하다

서원: 난 이제 한 살 더 먹었어.
엄마: 이제 쓰기도 박사가 되고 있고.
서원: 맞아. 쓸 때 짜증이 안 나. 이제.
엄마: 정말?
서원: 어, 재밌어. 그리고 학교 숙제도 쉽고.
엄마: 우와! 서원아. 멋있는데!
서원: 나 곧 100개 다 되거든!
엄마: 엄만 100일째 되는 날 왠지 눈물 날 것 같아.
서원: 왜?
엄마: 우리 서원이가 너무 기특하고 고마워서. 엄마랑 즐겁게 해준 것도 예쁘고.
서원: 파티하자. 맛있는 거 놓고.
엄마: 또 먹는 거야?

새해 첫날, 서원이는 내복 차림으로 세배를 하겠다고 음식하는 내 손을 끌어 당겼다. 작은 것에도 서로 웃고, 이야기를 나누고, 가족들이 감기 한 번 걸리지 않고 무사히 일 년을 보냈다. 내 마음이 통했는지 서원이도 감사한 마음을 차곡차곡 남겼다. 떡국을 먹으며 새해의 도전과 목표에 대한 이야기를 나누었다. 나는 무엇보다 글을 열심히 쓸 거라고 가족들에게 선언했다. 서원이는 쓰기에 자신감을 보였다. 쓰는 일을 힘든 일이 아닌 즐거운 습관으로 생각했다. 글쓰기는 시간이 쌓일수록 성장하는 힘을 발휘했다.

1월 1일날씨:

감사

코로나시기에 건강하고엄
마,아빠,언니와 행복하고,
내가 태어난 것만으로도
감사합니다.

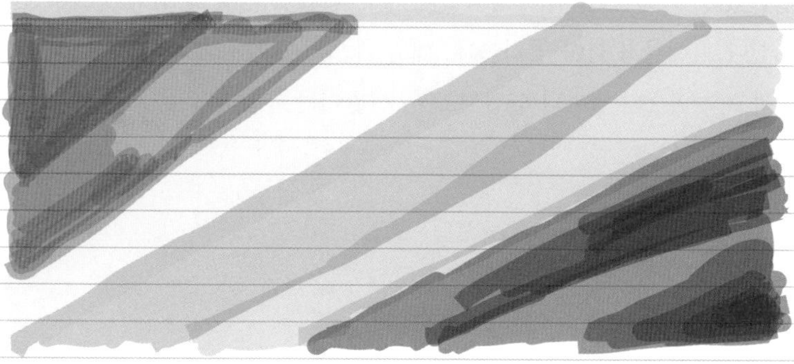

수다가 터졌어요

서원: 엄마, 나 전화 진짜 오래한 것 같아.

엄마: 자그마치 30분이야.

서원: 그렇게 오래 했어?

엄마: 차라리 나가서 놀면 좋았을걸.

서원: 못 나가니까. 어쩔 수 없지.

엄마: 그래서 무슨 얘기했어?

서원: 별 얘기 다했지. 곤충 싫어하는 얘기랑 학원 다닌 얘기랑 뭐 많이.

엄마: 거 봐. 이제 엄마한테 전화 오래 한다고 뭐라 하기 없기!

서원이는 친구와 길게 통화한 것을 쓰고 싶어 했다. 통화한 내용을 쓰려나 했더니, 말을 못 해서 답답했던 자신의 입에 대해 썼다. 친구들과 만나서 신나게 떠들고 놀아야 하는데, 매일 마스크로 입을 가린 채 제대로 말도 못 하고 지냈으니 얼마나 답답했을까. 서원이는 글 속에서 자신의 답답한 입을 달래 주었다.

1월 2 일날씨:

전화

오랜만에 친구와 길게 전화를 했습니다.

내 입이 얼마나 답답했으면 이야기가 술술 나올까요?

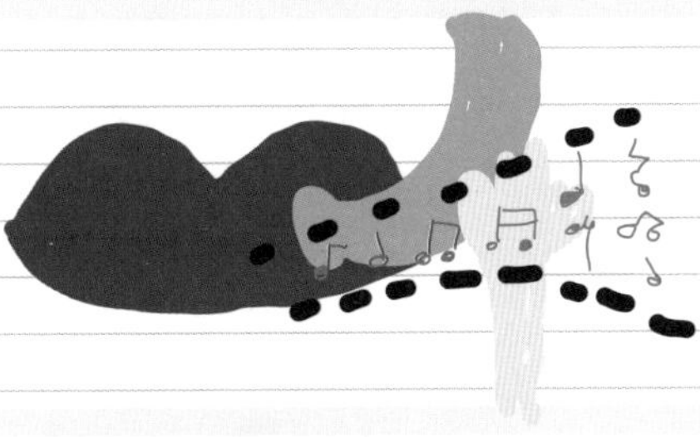

할아버지가 생각나요

서원: 이건 할아버지가 내려주시는 눈이지?
엄마: 그런 것 같아?
서원: 응. 내가 눈이 왔으면 했거든.
엄마: 서원이 마음을 할아버지가 아셨구나.
서원: 할아버지는 모든 걸 다 보고 있다고 엄마가 그랬잖아.
엄마: 할아버지가 계셨으면 우리 서원이 정말 많이 사랑하셨을 거야.
서원: 할아버지는 지금도 나를 사랑해. 나는 알 것 같아. 엄마.
엄마: 그래? 할아버지는 너무 좋으시겠다. 서원이가 할아버지 마음을 알아주니까.

눈송이가 창문을 툭툭 건드리다 이내 사라졌다. 나는 쏟아지는 눈을 쫓아 하늘을 보고 있었다. 서원이가 불쑥 돌아가신 외할아버지 이야기를 꺼냈다. 서원이 눈동자를 보는데, 울컥 눈시울이 붉어졌다. 쓰기에 꾹꾹 눌러 담은 아이의 진심이 내 마음을 더욱 저리게 했다. 할아버지는 지금도 자기를 사랑하고 있다는 말을 하며, 확신에 찬 눈빛을 보내는데, 나보다 서원이가 더 단단해 보였다. 글이 차곡차곡 쌓일수록 아이도 조금씩 자랐고, 표현력이 꽤 늘어 말하는 것도 훨씬 멋졌다.

1월3일 날씨:

신기하다

오랫동안 눈을 기다렸습니다. 할아버지가 내려주신 눈은 더 예쁘고 신기합니다.

가짜라도 즐거운 상상

서원: 상상하면 즐거워야 하는데, 더 슬퍼.

엄마: 이제 곧 예전으로 돌아갈 수 있을 거야.

서원: 그럴까?

엄마: 현실이 곧 상상처럼 될 거야.

서원: 언제?

엄마: 엄마도 모르지. 하지만 우리 진짜 잘해 왔잖아. 가족들 무사히.

서원: 아, 모두 빨리 이루어졌으면 좋겠다.

엄마: 상상은 멀지만 현실은 가깝고, 상상은 즐겁고, 현실은 안타깝고.

서원: 상상은 가짜고, 현실은 진짜고.

엄마: 제법인데? 상상과 현실을 논하다니!

아이들과 코로나가 끝나면 해보고 싶은 것에 대해 이야기를 나누었다. 서빈이는 뉴욕 큰 이모네 가고 싶고, 뭉근한 찜질방에 벌러덩 눕고 싶다고 했다. 서원이는 기내식을 먹고 싶고, 마스크를 벗고 돌아다니고 싶다고 했다. 즐거운 상상은 아이들의 입에서 끝도 없이 쏟아져 나왔다. 그러다 문득 서원이가 상상할수록 더욱 슬퍼진다는 말을 했다. 나는 곧 좋아질 거라고 아이를 다독였다. 그때가 오면 지금 상상했던 모든 걸 같이 하자고.

1월 4일 날씨:

상상

집에서 여러가지 상상을 해봅니다. 여행도 가보고 맛있는 음식도 먹고. 상상은 가짜입니다. 현실은 진짜입니다.

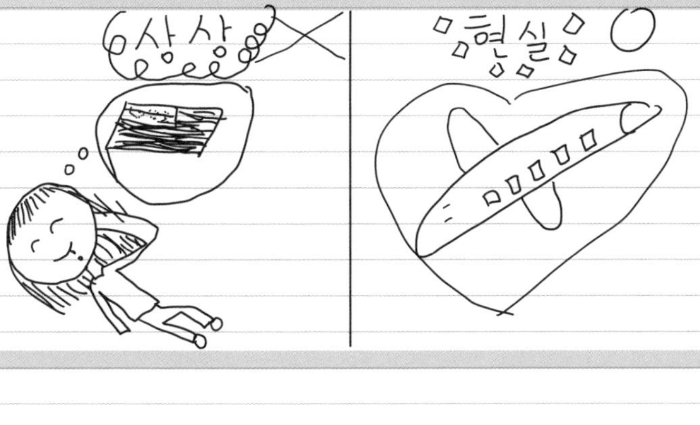

도전의 끝, 나를 더 사랑하게 되었다

서원: 엄마, 나 오늘은 마지막이니까 길게 쓰고 싶어.

엄마: 진즉에 좀 길게 쓸 걸 그랬나.

서원: 엄마가 세 줄 쓰기 하자고 해놓고!

엄마: 세 줄도 대단해. 잘했어. 엄마는 뿌듯하고 우리 서원이가 정말 기특해.

서원: 엄마가 내 옆에 있어서 쓰는 게 재미있었어.

엄마: 아직도 쓰는 게 힘들어?

서원: 아니!

엄마: 그럼, 어떤지 물어봐도 돼?

서원: 그냥 즐거워. 그리고 막 떠올라. 그래서 쓰고 싶어.

엄마: 서원이가 쓰기랑 친해져서 엄만 정말 기뻐. 엄마가 지금처럼 또 늘 옆에 있어 줄게.

서원: 그러려면 운동 많이 해서 나랑 오래오래 살아야 해.

100일 쓰기의 마지막 장을 열면서 서원이는 어느 때보다 진지한 모습으로 썼다. 그동안 힘들고 귀찮고 매일 쓴다는 부담감도 있었을 텐데 지금까지 함께 해준 서원이에게 정말 고마웠다. 쓰기가 습관처럼 일상이 되고, 그것이 힘이 되고, 힐링이 되어줄 친구라는 것을 깨달은 것 같아서 더 이상 바랄 게 없었다. 끝까지 해냈다는 성취감만으로도 아이의 마음이 단단해졌을 테니까. 찬바람을 싫어하는 내가 유독 겨울이 따뜻할 수 있었던 건, 아이가 보내준 따뜻한 말과 표정, 진심이 가득한 마음 덕분이었다. 나는 아직 부족하고 엉성한 엄마라 앞으로도 무수한 시행착오를 겪을 것이지만 아이와 지금처럼 마음을 나누며 소통하고, 아이가 손 뻗으면 늘 닿을 그 자리를 지키는 한결같은 엄마가 되기를 소망한다.

1월5일날씨:

시간 100

즐거운 매일쓰기를 100일
이나 했습니다. 그 시간 동안
내 마음과 머리가 쑥쑥 자라고
쓰기라는 좋은 친구가 생
겼습니다. 도전을 하면 깨
닫게 됩니다. 나를 사랑하는
마음이 퐁퐁 솟아납니다.

글쓰기 작전 10단계

시간을 두고 보고, 고치고 또 생각해요

글쓰기를 하는데, 준비하고 생각할 게 이렇게 많은데 내가 할 수 있을까 고민할 수도 있어요. 오랜 시간 아이들과 읽기, 쓰기를 함께 해오면서 글쓰기는 주제나 소재를 정해 준다고 바로 쓸 수 있는 게 아니란 걸 깨달았습니다. 충분히 마음을 나눈 후에 소재를 찾아야 글씨앗도 찾아지고, 표현도 반짝이고, 좋은 문장을 쓰기 위해 고민할 마음의 여유도 생기더군요. 그렇게 시간이 쌓이면 글의 수준과 표현력이 달라집니다. 아이도 엄마도 한 단계 성장합니다. 본인이 쓴 글을 읽고, 보고, 고치고 생각하면서 함께 다듬는 시간은 아이가 엄마의 마음을 느끼는 소중한 시간이 될 거예요.

- 다듬을 곳 찾아낼 것
- 기본적인 문장을 확인할 것
- 교정부호 및 띄어쓰기를 봐줄 것
- 다듬고 더 생각하고 고민할 것
- 시간을 두고 또 고쳐볼 것